真希望你也喜欢自己

房琪

图书在版编目（CIP）数据

真希望你也喜欢自己 / 房琪著. -- 北京 : 北京联合出版公司, 2022.9（2023.2重印）
ISBN 978-7-5596-6446-4

Ⅰ.①真… Ⅱ.①房… Ⅲ.①散文集 – 中国 – 当代 Ⅳ.①I267

中国版本图书馆CIP数据核字(2022)第148542号

真希望你也喜欢自己

作　　者：房　琪
出 品 人：赵红仕
责任编辑：夏应鹏

北京联合出版公司出版
（北京市西城区德外大街83号楼9层　100088）
雅迪云印（天津）科技有限公司印刷　新华书店经销
字数94千字　880毫米×1230毫米　1/32　6.625印张
2022年9月第1版　2023年2月第8次印刷
ISBN 978-7-5596-6446-4
定价：49.80元

版权所有，侵权必究
未经许可，不得以任何方式复制或抄袭本书部分或全部内容
如发现图书质量问题，可联系调换。质量投诉电话：010-82069336

献给

在天上守护我的爷爷奶奶

推荐序　杨天真
真正成为自己

房琪是我最欣赏的那种女孩，聪明、努力还好看。拥有以上三个优点中的一个，大概率就能过着不错的人生，而她竟然都有。对于这样的女孩，我的感受就是：要多接近她。所以自打认识她，我就时不时找她连个麦，一起拍个视频，或者找个机会聊天。我相信人存在能量场，我喜欢积极向上的能量场，不管是比我年轻还是年长的朋友，不管是男性还是女性，当我感受到一种积极的、富有魅力的生命力，我就会忍不住想和他们处于同一频道，这也是我很重要的能量来源。

作为短视频创作者，她的内容常常被我当成范例在公司宣扬，我也经常拿着她的短视频给我们公司的各位艺人看："看，也有画面精美、文字优雅、意境高洁的短视频，并不是所有的短视频都是搞笑的。"有时候我观察她，看着她掷地有声地反击那些人间荒谬，看着她真实地表述自己的人生故事，我觉得这个工作好难，几乎是要将自己的全部生活当作素材，全力输出。有时候她也会和我抱怨连续几个月飞行不着家，事业也有一些困境不知道怎么突破，但一切的经历和思考，积极的人总是能总结出点儿什么，成为自己人生下一个阶段的指导方向。

对房琪来说，可能就是这本《真希望你也喜欢自己》。成为自己是一个很难的过程，她需要从起点开始思考，需要不断地与世界碰撞，需要及时总结校准自己的目标，需要在一次次的人生跌宕起伏中，不断地验证自己是谁，什么是自己真正在意的，从而形成自己的价值排序、人生目标，从而形成自己的行为准则，从而真正成为自己。这本书，讲的就是房琪怎样从人生的一个个选择中，成为自己。

它适合每一个在成长中的女孩，或许你的迷茫，她已经给了你答案。

杨天真
作者、企业家

推荐序　大冰
事情本来该是的样子

标签方便检索,却未必立体全息。很多时候,显性标签所带来的刻板印象,是阻碍我们深入了解一个人的最大阻碍,尤其是在这样一个日益荒谬的时代。

在我看来,如若仅被顶流旅行达人、现象级网红博主等标签障目,我们再喜欢和关注房琪,也只是冷冰冰地将其认知为一个时势外因塑造的现象,只得其表相,不知其内核,乃至无缘明白她是如何自我成就为一个"90后"传奇、其示现的生命力可能性和多样性在这个当下有多么弥足珍贵。

在许多年轻人无奈"躺平"的当下,总要有人努力站着、飘扬着，哪怕所尽力传递和对称的审美再杯水车薪，也是在用事情本来该是的样子。

有这样的年轻人在，暮气和朝气的博弈结局，未必就是人间不值得了。

没有人是无缘无故成就的，房琪的成就一定不是在她当下被人看见的标签上，相对于未来的果子，这些应该只是叶子。关于她内秀的缘由，其所塑造的人生底层逻辑是怎样的，所恪守的价值体系是如何的，这本书里有很好的记叙解答。

都是事情本来就该是的那个样子。

房琪的这本书与其说是讲成长，不如说是讲生长。一个最普通人家的寻常女儿，如何抽枝展叶，在寻常的土壤、寻常的季节，在上升通道并不那么宽敞的空间里，尽力攀缘向阳，生长出属于自己的不那么寻常的小花。

我只是觉得，若你真认为自己正躺在白日不到处，已经决定放弃发芽，那这本"生长路书"，应该翻阅一下。

大冰

作者

推荐序　鲁豫
来日方长，
不必着急

我常常会被问到，采访过那么多人，谁最令我难忘。我总会提到李安导演。他说："在家中我也需要每天努力，才能赢得太太和孩子的尊敬与爱。"在他的字典里，没有理所应当，即便血缘中的纽带，相濡以沫的情分，仍然要去培养呵护。这样的谦卑和诚惶诚恐，源于教养、善良和智慧。

有一次，我也被房琪打动了。某天，她在微信朋友圈里感叹，活动中碰到了很多热情的观众，她惊讶于竟然有那么多人喜欢自己，觉得兴奋又不可思议，于是忐忑地说出，"我不配。"这是我听到过的最孩子气又最真诚的表述。真的，没有谁，配得上那么多素昧平生的人的厚爱。这种感觉，就是初心。

房琪叫我小姐姐，我喜欢这个称呼，因为她忽略了很多最不易被忽略却又最不重要的东西，比如年龄、背景、履历、职称……她刚刚起步，但速度惊人，最难能可贵的是这一路她吃苦忍耐，却姿态好看。最触动我的画面，就是房琪站在硕大的瀑布前，水声风声环绕着她，她伸展手臂，微闭双眼，沉浸其中。房小琪，这就是生活该有的样子，周遭或美或乱，在属于你的时刻，全情投入，尊重规则，不被裹挟。永远不要抱怨苦累忙碌，永远不要恐惧、误解、非议。来日方长，不必着急。

鲁豫

主持人

推荐序　张含韵
清风吹过
重重山岗

大家还记得因为小琪那句"他强任他强，清风拂山岗"让我哭抽抽的样子吧。后来我们成为偶尔分享旅行、美食、阅读的朋友，那之后我也才慢慢了解到疗愈声音背后的房琪。

起初真的好奇，第一次见面就把我说哭的她到底有什么魔力？我当然明白自己哭的不是面对挫折时被安慰后生出的委屈，直到看到这本书，我确信，哭是因为感受到一颗同样经历磨难又异常坚强的心，被狠狠地共情了。这本书不是鸡汤文学，再美好的文案终会被摔打进生活里试炼。就像她说的，人生中，比起互相搀扶着成长，单枪匹马的闯荡才是常态。而这是经历过生活毒打后总结的闯关笔记。就像旅行做不做攻略，都能到达目的地，但想要选择什么样的方式，体验什么样的过程，还得自己去探寻和下决定。

女孩子之间的共频，真的能从彼此中获取力量！

张含韵

演员、歌手

● 目 录

第 1 章　你不需要成为任何人

我偏要勉强　_ 003
人不活一个点，人活连续和起伏　_ 010
喜欢自己的瞬间最好看　_ 020
你和自己，熟吗?　_ 027
假如回到十八岁　_ 033

第 2 章　不要在别人的赛场上奔跑

该为自己的野心道歉吗?　_ 041
你认为的不公平，其实是你还不够好　_ 048
找到木桶中最长的那块木板　_ 055
你就是自己的铠甲　_ 060
成为一个平凡的人　_ 066

第 3 章　想要和得到中间还有两个字：做到

这个世界根本就没有怀才不遇　_ 075
试错，不是错　_ 080
越自律，越自由　_ 089
拥有被讨厌的勇气　_ 097
与情绪和平相处　_ 102
关于赚钱的那些事儿　_ 109

第 4 章　找到和你同频共振的那一部分人

以家人之名　_119
岁月神偷　_129
那些最感激的人教会的事　_140
总会遇见心软的神　_150

第 5 章　你就是自己的答案

永远不要停留在原地　_157
你要去看看这世界　_167
没有人可以替别人的人生做决定　_176
去过动态平衡的人生　_182
别怕，会有光　_190

这世界很喧嚣，
做自己就好

第 1 章

你不需要成为任何人

与人斗也好,与命运斗也罢,
难道逆风向上攀爬的人生不是更让人热血澎湃吗?

我偏要勉强

我曾经在视频里说过这样一句话:"和生活单挑时,每刺出制胜一剑,你就有资格为自己加冕。"

在我看来,生活是一款单机游戏,不能多人组局。虽然我们追求爱情、依赖亲情、珍视友情,但比起互相搀扶着走完成长的路,单枪匹马地闯荡才是常态,靠自己做出每一个决定才是人生。

十八岁,距离高考仅剩半年的时候,我做了

一个决定：参加艺考，去北京。

2010 年，我的堂姐考上了北京电影学院表演系，去报到的那天，她通过人人网发布了一条动态："从今天起，我就是在北京有床位的人了。"文字下配了两张照片，一张是四个女孩在北影门口拥抱；另一张是男孩扛着相机，女孩拿着场记板。每个人的脸上都洋溢着藏不住的快乐，如果再用一句话形容这份快乐，那应该是——我们的青春，拥有无限可能。

那时，我还没有去过北京。"北京"这两个字对我来说是那么遥不可及，但照片上那些男孩、女孩以及他们写了满脸的自信与骄傲，我怎么也忘不了。

看到堂姐的那条动态时，我正坐在从学校回家的公交车上。彼时的我是一个在学校里没有存在感，也从未给家庭带来过任何期待或骄傲的普通甚至有点自卑的女孩。这种普通，让我从不敢去思考自己是否有想去追求的东西。每当被别人说"你不行"的时候，我也从未想过要去反驳这种否定，心里总会回复道："没关系，就这样吧。"

但那天，当我坐在公交车上看到那条动态时，我在心里很认真地问自己："真的没关系吗？"

人在黑暗里太久了会畏光，在雪地里太久了会雪盲。我们习惯了一种生活状态时，就会对"改变"这件事产生本能的恐惧，有时候甚至连生理机能都会帮我们一起抵抗。 所以，当决定去北京的声音在我的脑海里响起时，我自己都吓了一跳。

这是谁的声音？这是谁做的决定？她怎么敢？但我也知道，当做出这个决定时，战斗的号角声已经响起，想去北京求学的念头，就这样在我心里扎了根。

可生活毕竟不是电视剧，一个念头的出现也不能成为逆袭的开始。

第一年，我鼓足了勇气参加艺考，却没有拿到一个满意的证，想去的学校当中，有几所连复试都没进去就被淘汰了。

"看榜"成了那一年里我最恐惧的两个字。它意味着失望，意味着好不容易树立起的信心再一次轰然倒塌。

艺考没能拿到满意的证这件事让我丧失了积极高考的动力。对北京的执念，让我在高考前一个月就下定了复读的决心。所以在第一年高考落榜后，我快速收拾心情重新出发，踌躇满志地想书写一个高考落榜生逆袭考取理想院校的励志故事。

这个故事开头的卖相也确实不错：第二年艺考，我考取了中国传媒大学导演专业全国第七名、上海戏剧学院影视制作编导专业全国第八名、南京艺术学院导演专业全国第十三名。之所以至今依然能如此清晰地记得这些名次，是因为对于那个年纪的我来说，这几乎是我十几年来收获的所有认可。这也让我初步建立起了自信，拿着这些艺考的成绩单，我的心里踏实了很多。

填报专业时，中传、上戏、南艺三所院校都属于提前批次，无论拿到几个证，一般都只会录取提前批次的第一个志愿。因为对北京的这份说不清、道不明的执念，我放弃了文化课要求相对低一些的另外两所学校，填报了中国传媒大学。也因为自己决心要走艺术类的道路，所以除了提前批次和兜底的第三批次,我没有填报任何其他综合类大学。再加上我当时认真复习,几次模拟考试都发挥得不错,心中也就不免多了几分自信。毕竟我在中传导演专业的艺考全国排名已经相对靠前,如果高考正常发挥,录取概率应该比较大。

但关于高考这个故事,我好像注定没有逆天改命的能力。也许是太紧张,也许是太在意,也许是复读的重担让我太在乎得失,我的高考成绩没有达到中传导演专业当年的录取分数线——只差了几分。

我曾经在无数个夜晚想过很多种"如果":

"如果当时第一志愿在另外两所院校中选择,我是不是就考上了?"

"如果那两道选择题我没有做错,我是不是就考上了?"

"如果不是因为太莽撞,明明偏科严重还非要选择学习理科,我是不是就考上了?"

可惜人生从来没有如果。知道结果的那个晚上,我整个人都是麻木的。我没做到,我又一次失败了,成为别人眼里

"复读一年还是考不上"的失败者。那时候有很多声音都在对我说:"认命吧,房琪。有时候人再努力也没有用的,这个世界闪着光的人太有限,大多数人都很平凡,你要接受自己的平庸和普通。"

但我不甘心,真的不甘心。

我很喜欢金庸在《倚天屠龙记》里塑造的赵敏这个人物。在她阻止张无忌与周芷若大婚之时,周围一众武林豪杰无一不劝她收手。"认清现实"不只是当代社会的生存法则,在那个快意恩仇的江湖中也同样心照不宣。木将成舟之时冒天下之大不韪断人姻缘,要承受的压力可想而知,但这个蒙古郡主只是掷地有声地抛出了几个字——"我偏要勉强"。

与人斗也好,与命运斗也罢,难道逆风向上攀爬的人生不是更让人热血澎湃吗?就算有一天我真的必须低头认命承认自己的平庸,那也不应该是在我只有十八九岁的时候。我的人生不过刚刚开始,挫折也不过遇到了几轮而已。我还有那么多的年华可以用来失败,可以用来受伤。我就只活这一次,我还没能活成自己想要的样子,我凭什么要认命呢?"我偏要勉强!"

于是,十八九岁那个还未配妥剑的我,准备开始和命运较劲。

现在想来,那段日子,很痛快。

人不活一个点，
人活连续和起伏

2019年5月30日，我的抖音账号"房琪kiki"第一次收获了单条视频点赞量突破两百万的成绩。视频的标题叫作《一个逆袭的故事》。因为这条视频，我收获了一百多万喜欢我的人。

视频开头的几句话是这样说的："为了考到北京，在第一次高考后，我选择了复读。第二年，我参加艺考拿到了中国传媒大学导演专业全国第七名的成绩，却因为文化课发挥失常而落了榜，只得到三本院校读编导。当时，身边的朋友

都和我说，认命吧房琪，但是我没有。"

我把自己生命中最绝望的那两年，用了十二秒九十三个字概括出来，但大概只有我自己知道，这十二秒背后的日子，有多难熬。

尤其是复读的那一年。当时，身边所有熟悉的人都已经前往大学，拥抱各自崭新的人生，只有我独自一人被落在了熟悉的家乡，不得不走进一个既熟悉又陌生的环境，融入一个没有熟人的班级。作为留级生和高考落榜生，在新班级的滋味并不好受。当时，几乎没有同学愿意主动和我说话，老师也没有那么多的精力顾及每一个人，整个环境都很压抑和孤独。有一次，我物理考了很低的分数，彼时坐在教室最后一排的我，把卷子正面摊在桌上，看着成绩下面的两道横杠力透纸背，批卷老师气急败坏的样子仿佛就在我眼前。同桌正在为算错了一个数字，大题没有得到满分而懊恼，在发了一通牢骚之后，她的目光落在了我的卷子上。我还没来得及把分数遮住，她便凑上来对我说："其实我有时候真挺羡慕你的。"

"羡慕我？"

"对啊，你看那些差一分就及格的人，会觉得特别可惜，但你就不会有这种烦恼，也不用因为没发挥好而焦虑，心理压力没有那么大，多好啊！"

她目光真诚地看着我的那几秒钟，让我相信了她的话是真的发自内心。但我知道，其实在那特殊的一年，老师和同学对差等生已经放弃了比赛资格这件事心照不宣，差等生只能心甘情愿当个看客——哪怕我上课的时候努力瞪大眼睛盯着老师，认真记了满满一本的笔记；哪怕我在夜深人静时打开物理卷子，想破了头也不会解题，一边骂自己笨一边哭；哪怕我挣扎着想让他们听见，我心里不停地在呐喊的那句"请别放弃我"。

老师还是会在轮到我回答问题的时候，面对我的支支吾吾而发出一声长叹，说一句："算了，下一个。"

被放弃、被嘲讽、被淘汰的经历，又怎么会只有一次呢？

刚来北京不久,我得到了一个厨艺类节目主持人的试镜机会。这个节目不仅会在卫视平台播出,还会向主持人支付一笔劳务费。对于已经一段时间没有收入的我来说,简直是救命稻草。试镜的前一天晚上,节目组临时通知要自己准备围裙,当时已经快到晚上八点钟,大多数店铺已经关门,网上买也不可能来得及。我心急如焚地出门了,最后在一个即将关门的大商场,一家看上去就很贵的店里找到了一条蓝色的蕾丝边围裙,下意识地看了看吊牌——四百二十九元,这个价格我估计能记一辈子。为了不影响第二天试镜,我咬咬牙买下来了。商场关门之后,我一个人站在街上,看着轻飘飘的购物袋里那条昂贵的围裙,越看越心疼。我舍不得打车,就这么一路走回了家。回家的路上,我还在暗暗地想:没关系,如果试镜成功了,这点钱不算什么。

我至今忘不了第二天试镜时激动和紧张的心情。结束之后,制片人说可以先回家等消息。忐忑地等了好多天都没有音信,直到有一天突然接到了其中一位工作人员打来的电话，电话接通之前，我仿佛都能听到自己扑通扑通的心跳声。电话那头说："小琪，告诉你个好消息，你被选中了。明天拿着身份证来一趟吧，我们签合同。一年五十万。"

我疯狂克制着自己激动的心情，拿着电话支支吾吾了好久，说了好多次谢谢，问了好多次"是真的吗？"。得到确定的答复之后，我挂掉电话，然后迫不及待地打电话给妈妈，我说："妈！我那个节目试镜成功了！你猜一年多少钱？五十万！"

我妈在电话那头比我还激动。

冷静了一会儿，我才想起来还有很多流程上的细节刚刚没有问，于是打电话想确认一下第二天见面的时间和地点，没想到这次电话那边却传来了哈哈大笑的声音。他说："哈哈哈，你忘了今天是愚人节啦？你不会当真以为自己能赚五十万吧？愚人节快乐哦。"

我从来不想去扮演一个大度不计较的人，我必须承认这种"玩笑"真的非常伤害我，甚至时隔多年再次回想起来，我还能感受到当时的难过。那种难过叫作：为什么要给我希望又拿我取乐?

最后,我没有被这个节目组选中。愚人节接到电话的喜悦让这场黄粱美梦更加戏谑。

对于好胜心极强的我来说,复读的那一年,是我最狼狈、最蓬头垢面、最无助的一年。几年前的4月1日,也成了我最讨厌的一次愚人节。

这些经历都给那时的我留下了深刻的痛苦,但现在再回想那段时间,却早已没有了那种焦虑不安的感觉。之所以现在可以轻描淡写地说出这些曾让我极其难堪的瞬间,是因为我越来越明白:**人生就是有很多这种跌宕起伏的时刻,没有人能够一路顺遂,我们要学会接受高潮与低谷对我们的席卷与反噬。从顶端的喜悦到坠入谷底的失落,也是人生的一堂必修课。**

人生中因为被遗落、被选择、被误解带来的委屈不甘的时刻,真的有很多。经历过这些后,我越发明白,与其一味

沉浸在伤心难过之中,不如多去想一想,如何才能做出被人认可、接受的作品?离开一个不认可你的环境,是否一样可以活出自己,甚至更加精彩?二选一的时候,如何让自己成为不可替代的那一个?

十年前一张低分的物理试卷,高考中遭受的挫败和孤独,并不会给我的一生盖章,并不意味着我只能就此失败无为,我依然可以再次昂首挺胸,去迎接崭新的未来。这未来里当然还会有急流和险滩,但值得高兴的是,我已经做好了迎接挑战的准备。

几年前成为未被选中的那一个,愚人节的玩笑并不代表我就是个笑话。昨天的我尚且匹配不到五十万的薪资,不代表今天的我不能创造更高的价值。我依然可以重新选择方向,去迎接属于自己的光。

在成为旅行博主让大家通过公众平台认识我的今天,我面对了更多的质疑。很惭愧,我依旧没能成为一个百毒不侵、刀枪不入的人。在讽刺和讨论声里,我怀疑过自己无数次,甚至悲观地想要放弃。但每每处在低潮而心神不宁时,我总

会想到电视剧《长安十二时辰》里的一个片段,元载在狱中说过这样一句话:

站在高处望深渊,坠入深渊识攀爬。人不活一个点,人活起伏。

共勉。

喜欢自己的瞬间
最好看

刚开始来北京时,为了多挣点钱,我经常跑剧组,客串试戏各种角色,那时候被拒绝最多的理由就是:你太胖了,上镜不好看。

说到底,减肥好像是每个女生的宿命。我们斤斤计较着卡路里,用白水涮菜,控制食欲。好像如果多吃一点,我们就会像《千与千寻》里的爸爸妈妈一样,因为贪吃被魔法变成猪,然后时刻有人在我们的耳边大喊:"吃多了会被杀掉的!"

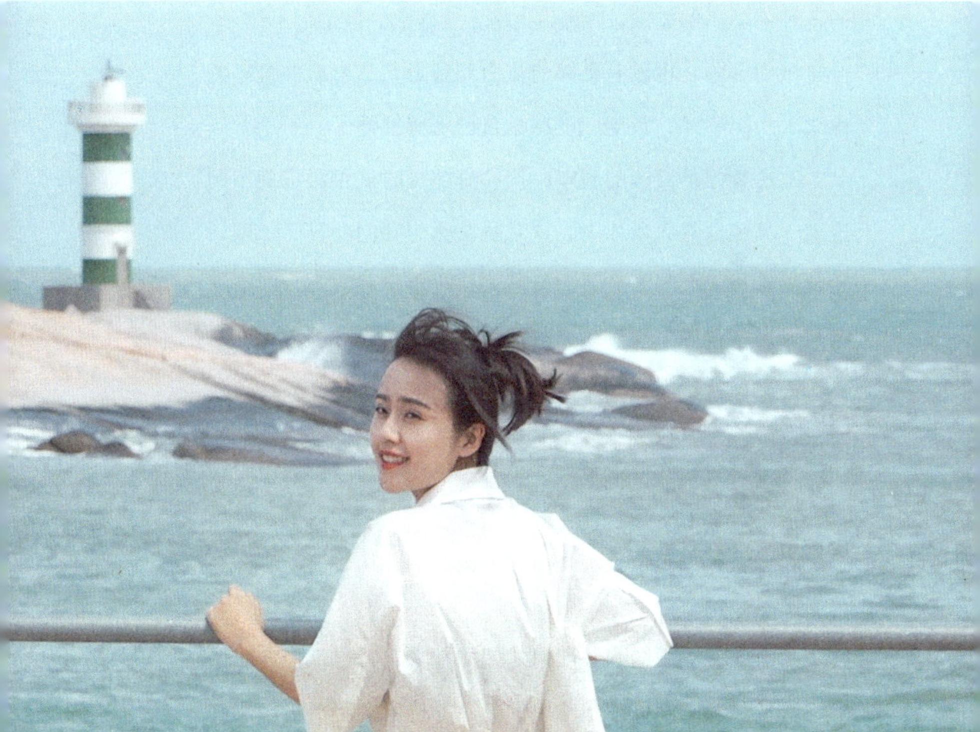

被拒绝的次数越来越多，我也渐渐接受了这样的声音和观念，尝试了各种各样减肥的方法——几乎包括你能想象到的各种饿肚子的方法。后来，我终于变瘦了，但是很不快乐。经常饿到虚脱，再没有足够的体力和精力，和喜欢的食物就像天人永隔一样，甚至一度感觉自己仿佛抑郁了。

都说身体是灵魂的庙宇，假如身体随时处于濒临崩溃的边缘，灵魂自然无所依附。这时我突然想要问问自己：瘦，是美的唯一标准吗？肚子上有肉就代表着自我放弃，双下巴出来就是不自律，这些究竟来自谁的定义？真正的自由，不是叛逆，也不是放纵和无所顾忌，而是学会由内而外地接受自己，当然也包括接受自己的不完美。

审美是一种错综复杂的复合能力，而最关键的要素，就是喜欢你自己。

我确实无法总结到底如何才能非常喜欢自己，但在生活中，通过实际的测试一步步验证自己的价值，绝对可以提高对自己喜欢的程度。

这几年我越来越发现，周围比较优秀的女性，都有一个共同的特点：很喜欢自己，很欣赏自己。这体现在喜欢自己的价值观，欣赏自己的人格魅力；喜欢自己为人处世的态度和方法，欣赏自己做的决定。 这种喜欢未必是天生的，因为就算天生再喜欢自己的人，若没有经过后天的验证，没有经过生活的打磨，都可能演变为一种骄傲、自大和自负。

真正的喜欢，应该是经过了打磨，是通过在工作中、比赛中毫无顾忌地把自己丢出去做验证所得到的结论，进而发现自己在某个方面具备天赋或者能力。每多一项验证的成功，就会多给自己增加一个信心点。

近几年，"body shame"和外貌焦虑变成大家关注和讨论的焦点，而"天鹅颈""直角肩"等不断涌现的词语也仿佛让美有了统一的要求和模板，同时幻化成了我们"是否可以喜欢自己"的一道道标准。

我一直觉得自己是个很自信的人。高中阶段，当我还在准备艺考时，我的堂姐已经考入了北京电影学院表演系，她和她周围的同学都非常漂亮，而那时的我还只是个戴着钢丝牙套和厚片眼镜、头秃且脑门很大、不会打扮、有些胖胖的姑娘。但我从未因为见了她那些长得漂亮的同学而感觉自卑,也从未觉得和她们一起吃饭、出去玩、拍照需要格外认真地打扮自己。还记得艺考之前,我曾给一个在知名传媒大学读播音主持专业的姐姐打过电话,向她咨询:"我想当主持人,不知道自己是否合适,哪里比较欠缺?该做些什么准备?"她当时的反馈是——首先,你的长相不是特别合适;其次,你的普通话不够标准。

她的表达很直白,一点圈子也没绕。但说实话,她的话并没有给我带来非常大的打击和自我怀疑,而是让我更加确定了在这个方面我的确没有任何额外的优势,那么接下来我需要的就是做好充足的准备然后上场,用真实的试炼来让我知道自己到底行不行。如果因为他人的寥寥数语,就在心里怅然若失地给梦想判了死刑,那不是太可笑了吗?

所以当我决定了要去北京从事和舞台相关的工作,认清了内心深处希望成为主持人这个真实想法之后,我开始为参加各种主持人比赛做准备。

我在网上浏览到北京大学生电影节主持人大赛的相关信息，第二天我就把自己偷偷关在卧室里录制了报名参赛的视频，从初赛一路进到了复赛、决赛。虽然最终没有获得主持大学生电影节的机会，但作为完全没有经过专业训练的非科班新人，且没有长相上的优势，依然可以凭借自己的努力进入决赛，不正恰恰说明了我在这条路上的可能性吗？也正是这样的尝试以及从中得到的积极反馈，让我更有信心和勇气去面对接下来一次又一次的竞争和挑战。

我见过很多男孩女孩，他们和我一样，或许没有很出众的外貌与身材，但他们对自己的能力足够有信心，行事坚定而从容，在我的眼里，他们一样美丽。

"外貌焦虑"的话题很大，形成困扰的原因也各有不同。首先我们要做的就是在认知上承认每个人都难免会为皮囊所累，但我们不应把它当成一种理由和借口。"因为我不够好，所以失败就是理所应当的；因为别人长得比我好看，所以他就一定会比我成功。"人一旦陷入这种消极的思考模式，对自我的认知就会只剩怀疑，何谈喜欢？

焦虑、不安是天然会存在的情绪，直到今天我也还在尽全力和它共处，它时常出现扰乱我的思绪，让我怀疑自己是否不够好。我们要做的并不是把焦虑、不安全部消灭，这不仅不可能，而且没必要。我们要做的就是把它们和决心、奋斗一起安放在正确的位置上，控制好彼此之间的变量，让它们变成对自己更好的激励。

再昂贵的化妆品、再熟练的化妆技巧也无法抗衡"喜欢自己"的力量。当你真正喜欢自己的时候，你才会发光。

你和自己，
熟吗？

前段时间我看了一部电视剧，出乎意料，让我印象尤为深刻的是里面的一个小人物。

他是配角，性格和角色背景都不出彩，也没有多么忠肝义胆，本身并不是一个特别正向的人物，甚至带着些阿谀奉承的小人模样。用一句话来形容，就是这个人物很不讨人喜欢。但是剧中他有一段台词让我印象很深："虽然我不是什么大人物，但今天我所拥有的一切，都是靠自己的努力得来的。我的强颜欢笑、殚精竭虑、逶迤周旋，都是为了获得我想要的东西。"

他的这段话让我深有感慨，比起那些拯救世界的超级英雄、大义凛然的江湖侠客、带着主角光环的正派义士，我更加喜欢这个小人物。

对电视剧里的主角来说，爱与崇拜唾手可得。

但对生活里的每一个平凡人来说，每一份尊重都要靠自己去赚得。

这个有血有肉的小人物足够了解自己，也足够清楚自己想要什么。

我自信也是一个很了解自己的人，从不避讳说出自己的优点：目标清晰，行动力和执行力强，信任自己，可以单枪匹马挑大梁，也算得上努力。但我也同样很清楚自己的缺点。比如情绪化、不太擅长与别人合作、顾虑的事情太多、永远活得不够放松等。

虽然从出生的那一刻起，我们就认识自己了，但对自己的了解真的并不是天生的，而是来自我们日常生活中对自

己的点滴发现与总结。每次出现问题后，我都会反思原因是什么，是我的问题还是别人的问题？如果是我的问题，为什么它会出现？如果问题反复出现，究竟是一时的情绪因素导致，还是长期的性格累加使然？该如何做才能避免同类事件再次发生？

诸如此类与自己的对话，是一件不需要特定契机去促成的事。无论面对的是重大事件，还是看起来微不足道的小事，都可以让我们对事情背后的本质有更深的认识和反思，对自己逐步形成一个非常明确的判断。

很多时候，了解自己，还需要对自己的天分及后天需要进行怎样的努力有一个更清晰的认识。拿我自己来举例，很小的时候，我就总听到身边的大人说："这孩子能说会道的，伶牙俐齿。"后来参加艺考培训班，老师常给我们出一类即兴评述的题目：在两分钟内用几个关键词和一段话讲出一个故事。我总是可以很快地完成，不需要打草稿和修改，只要打好了腹稿就可以在老师面前流利地讲述。那时经常会听到来自老师们的评价："这真的是你两分钟内想出来的吗？"

这些来自外界的反馈和内在的观察，让我慢慢发觉自己在语言表达和文字处理上的确是存在一些天分的。电影《心灵奇旅》里提到，每个灵魂，无论是冷漠、热情还是自负自大、害羞谨慎，在投身到地球之前都需要找到属于自己的"火花"，且每个人的"火花"都不相同。只有找到"火花"，胸前的"地球通行证"才会被点亮，自己的地球生命之旅才能正式开启。那么我想，我的灵魂应该是被划分到了"会说、能写"的板块。身处其中，我找到了属于自己的兴趣标签，并且兴高采烈地拿着自己的"火花"直奔属于我的生命。

如果说天分是礼物，那它可以被给予就可以被收回。怎样才能让它留在你的身边，从有点虚无缥缈的天分变成实用的技能？我认为这需要我们在后天不断地去挖掘、打磨、精进和运用。抱着它渴望坐享其成，或是把它搁置在一旁不予理睬，总有一天天分是会被收走的。

"所有命运馈赠的礼物，都已在暗中标好了价格。"但天分区别于其他礼物的是，它更加友善。它只需要你在它身上投入更多的时间，把它变成你的技能、长处，变成你的武器和属于你的"火花"。

天分 + 努力 + 总结反思 = 完整的你

想和自己成为很熟的朋友,不仅要清楚闪耀的"火花",也要看到晦暗的角落。只有了解自己的弱点和缺陷,才能明白自己要有所为、有所不为。当然,我们生命中的火花,并不是独自绽放的,还需要去和别人发生碰撞和摩擦,这期间会产生很多的认同与共识,也会有很多的误解和偏差。

人的本性,都是喜欢听表扬,不喜欢听批评。但是成长之所以会让人变得不一样,不正是我们要把这些本性变得更符合生活发展的方向,更加契合成长的轨道吗?"若批评不自由,则赞美无意义",这句话我很认同。就像你是你眼中的自己,但也不要忽视别人眼中属于你的影子。

别害怕,当我们把蒙在自己身上那些模糊不清的判断和偏见像剥笋一样,一层一层地剥开,露出里面鲜嫩而青涩的部分时,我们才算和自己相熟,才算真正认识了自己。

大家都在说，我们"90后"老了。可如果此时就开始害怕，我们就真的败给了年华。我们收起了玻璃珠、铁盒、英雄卡，却没有收起对世界的好奇心，只要心里永远热血鲜活，我们就能至死都是少年。

假如回到十八岁

在头顶发现人生的第一根白发时,二十八岁的我在脑海里给自己搭建了一架时光机,决定去看看十八岁的自己,去重新拾起那份我深深怀念的孤勇和胆气。

在呼啸卷涌的黄河边,长达三百二十八米的黄河索道让我肆意尖叫,狂风把我的头发吹得凌乱。在黄沙漫漫的沙漠里,坐着一辆吉普车往沙山冲去,引擎的轰鸣声除了令肾上腺素激增,还引发了我停不下来的呼喊与尖叫。

那一天，调皮的骆驼舔了我的镜头，鞋子里全是细细的黄沙，走起路来深一脚浅一脚。我决定，在沙漠里等一场日出。

我开着那辆方向盘非常沉的越野车，在寻找一处荒无人烟的地方，霜降前后的西北，已经没人选择在沙漠露营了。夕阳西下时，我和小陈找到了一片视野开阔的空地，安置我临时的小房子。固定帐篷不是一件容易的事，尤其是我还带了一把异常沉的锤子。与其说是我抡着它，不如说是它带着我。那几个小时里，天地间异常安静，除了我的呼吸声，就只剩下锤子叮叮咣咣的声音。

你问，在沙漠里怕不怕？

怎么说呢，太阳落山之前我感觉自己还是挺勇敢的，我还能把手插进细沙里感受那份滑腻的冰凉触感，还能听耳机里唱着林宥嘉的歌："可没有梦想，何必远方。"但太阳落山之后，暖阳余韵里支起帐篷的小清新就变成了荒野求生，一半是沙漠，一半是黄河，夜晚呼啸而过的大风里又裹了一层黄河的凉。我缩在睡袋里瑟瑟发抖的时候,满脑子都在呐喊:"怎么可以这么冷?"

寒冷和莫名的兴奋让我辗转反侧,在睡袋里翻来覆去地折腾半天,拿手机一看才凌晨一点。我那要命的好奇心在叫嚣:既然睡不着,那就出去散散步呗。在凌晨一点的沙漠里散步,是应该遛峰骆驼还是遛匹狼?我还是出去了。钻出帐篷抬起头的一瞬间,我在心里感激了我的好奇心一万遍。

满天璀璨的繁星连成星河,银汉迢迢,根本看不见尽头。它们离我那么真切,那么近,我突然明白,白居易为什么会写下那句"迟迟钟鼓初长夜,耿耿星河欲曙天"。我头顶这一片星光就快要把沙漠里的黑夜点亮,它和我一样在等待东方吐露曙光。旷野无人,天地都可以只是我的,纵然只是一瞬间。

我就这样看着天空,直到繁星对我说再见,直到它带走我许下的小心愿。

天气预报说，七点零五分日出。

五点三十分，我走出帐篷翘首以盼，在不远处看到了一串很大的脚印和几坨很大的粪便。看来，昨天晚上还有骆驼陪着我俩。骆驼从这儿经过，那些一定是它给我留下的暗号。六点二十八分，地平线依然没有变亮，时间在风中、在云里、在星星上一分一秒地走过。七点整，今天等不到日出了吗？我默念着说服自己，从不甘变成了接受。

从越野车的前盖上跳下来，准备收起帐篷，带着"雷神的锤子"一起打道回府。可是你知道旅行最迷人的地方是什么吗？是来自未知的可爱，它可以给你遗憾，也可以给你惊喜。

在我跳下来的一瞬间，蓝丝绒一样的天边突然泛起粉红，远方一个小小的点点从沙丘和枯树之中慢慢抬起了头。我拼了命地跑到制高点，踩在沙漠里的脚一瞬间就陷了进去，我自己都不知道那么高、那么陡的顶峰我是怎么爬上去的。

那个小小的点点，渐渐变成了一轮圆圆的太阳，我觉得此时如果有一把剑，我就是天地孤影任我行的侠客了。

大家都在说，我们"90后"老了。可如果此时就开始害怕，我们就真的败给了年华。我们收起了玻璃珠、铁盒、英雄卡，却没有收起对世界的好奇心，只要心里永远热血鲜活，我们就能至死都是少年。

找到你的主场，
非常重要

第 **2** 章

不要在别人的赛场上奔跑

我也知道，自己并没有偶像剧女主角的光环，
我平凡得连跑龙套的路人甲都算不上，想要被人看见，就必须站在有光的地方。

该为自己的
野心道歉吗？

"野心"，从来都不是一个贬义词。

但从小到大，成长环境和家庭教育告诉我们，人是不该把野心挂在嘴边的，更不要提写在脸上了。就像偶像剧很少会塑造一个胜负欲极强的主角，颁奖典礼上每个人都会看似轻松地说一句"重在参与"，随便学学就考得的第一名永远比通宵刷题的"小镇做题家"看起来更酷。好像一个人铆足了劲儿拼命争取的样子远远没有云淡风轻来得漂亮，好像告诉别人"我想要"和"争第一"就会在无形中给别人带来巨大的压力。

大学毕业那会儿参加节目的时候,节目里的导师就曾对我说:"你是一个不会藏拙的姑娘。"朋友也说过,太有野心的女孩,就像偶像剧里的女二号,因为女主角从来都是纯良无害、不争不抢的。

可我也知道,自己并没有偶像剧女主角的光环,我平凡得连跑龙套的路人甲都算不上,想要被人看见,就必须站在有光的地方。

我一直觉得我们的成长里少了一堂课,这堂课叫——"勇敢承认自己在乎"。

毫无疑问,"温、良、恭、俭、让"是需要我们用一生的时间去学习的美好品质。但同样不容忽视的是,我们必须懂得该站在什么样的角度去分析和解读。它们从来不代表追求梦想时的无欲无求,取得一定成绩后的止步不前,面对表扬时因不敢承受而过度恭谦,以及面对好机会时的不敢争取和拱手相让。勇敢承认自己在乎,承认为此所付出的努力并不丢人。我们都是平凡的大多数,想要的东西不自己努力争取,难道要等着别人送给你吗?

野心不是也不该是一件难以启齿或羞于表达的事。

野心是对生活始终抱有追求和渴望,是永远在对自己的当下给予肯定的同时,依旧有仰望的山头和方向。**承认自己的野心也就意味着对自己有明确的定位——我是谁,我想要什么,我要去哪里;同时会对自己有更清晰的认知,承认自己的平凡,也承认自己的不甘平凡。始终行一个目标做灯塔,接受自己的优点和缺点,也坦然面对来自生活的打击和伤害,永远活得直接、热烈、津津有味、热气腾腾。**

我承认自己是有野心的。在不同的年龄阶段,野心的内容也会不同,从稚嫩到成熟,从抽象到具象。大学刚毕业的时候,我的野心是不想居于一个稳定的工作状态,不想待在一个几乎没有变化和挑战的小地方,想去更大的城市,做不一样的事,那些我身边的人从未做过的事。期待别人的目光和注意，渴望被另眼相看。

后来，我到了很大的城市，随着自己生活和工作阅历的增长，野心开始慢慢有了更为具象的内容。当主持人的阶段，我的野心是站到更高的平台，参与更好的节目；尝试做演员的时期，我的野心是可以有登上大银幕的机会；后来从事自媒体行业，我的野心是要求自己可以一直输出好内容，被更多的人认识和喜欢。

写下这段文字的时候是2022年的春天，我已经二十九岁了，我对野心的定义和认知，不再像过去一样碎片化，而是把它变成一种想要追求的方向：我希望自己的生活是动态平衡的。我知道，这真的很难，因为它要求我们对自己的生活和节奏有十足的掌控权，有多维度同时向上的能力，既意味着在事业上有所成就，也需要经济上有一定积累，同时还需要管理好自己的情绪，收放自如。

在与野心成为伙伴的这些年里，我对自己有了更深刻的了解，我知道自己是一个相对自我的人，擅长单枪匹马孤军奋战，眼里只有前方，有时候难免会忽略周围人的所思所想

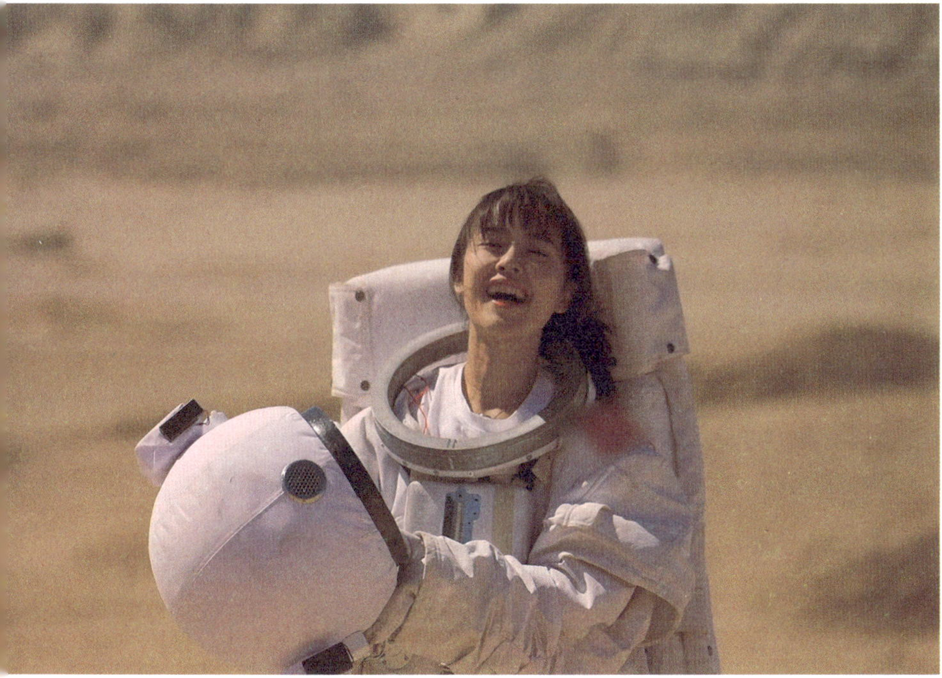

所言。这种性格好坏参半，好处是可以目标明确一往无前，不足是我可能会因此无意中忽略了周围人的感受。我们都知道，前行路上，没有人会是一座孤岛，我们的人生一定是通过亲情、友情、爱情等方式和其他人产生联系的。我始终认为相信自己的目标和方向没有错，只是我们要在不断向前奔跑的同时注意调整自己的姿势，既让自己被灯塔照亮，又不会因此影响了别人的判断和方向。

几年前的我还不明白这个道理，因为我是个不安于平淡的人，所以也丝毫不掩饰对"朝九晚五""做体面的普通人"的不认同，偏执地认为只有自己选择的道路才是正确的。当身边朋友走上了安稳的人生路时，我总下意识地想劝对方应该趁年轻体验一种"不安分"的活法。**但其实这大千世界纷繁复杂，并非每个人的人生目标都是要不断地向上攀爬。有人喜欢安稳，觉得舒服生活便得自在；有人喜欢挑战，想在更高的平台释放野心才觉得不枉此生。"人之患，在好为人师"，选择从来无对错，我们要做的不是说服别人，而是尊重彼此。**

2022年冬奥会的赛场上,"天才少女"谷爱凌在比赛时说过一句让我印象非常深刻的话:"我比赛不是为了打败其他选手,不是为了滑得比别人好,而是要做到自己的百分之百最好。"

野心就像一团火,它让我们知道,只有不断超越,才能更有安全感。每当我们感到疲倦或稍有懈怠时,心里的那团火总会说:"只有足够努力,你才配得上你的野心。"在它燃烧时,我们要小心别让这份热烈烫伤他人,只把它放在心里为自己提供能量就好。

所以,别为拥有野心而感到抱歉。总有一天,我们不用再追着光奔跑。因为,我要这光,就为我而来。

你认为的不公平，
其实是你还不够好

你知道被生活打趴下是一种什么样的体验吗？

在北京的前几年，我时常觉得自己很无力、无用、无能。"三无青年"这四个字像一座大山，压得我喘不过气，起不了身。

2016年，我报名参加一档非常有名的综艺节目。为了做一个"合格的奇葩"，我刻意改变自己平时说话的风格，朝着语气夸张、故事猎奇、精神亢奋的状态马不停蹄一路狂奔。接连准备了几个月，第一场面试就被淘汰了。从当时的几位导师手中,我只拿到了出于善意的一票同情分,在后来播出的节目里,我的镜头也被"剪"得一帧不剩。当时的编导说:"我们本来是希望你成为一个年轻有趣的姑娘,结果没想到,只剩下年轻了。"

同一年,我又参加了某卫视的选秀节目。节目需要进入训练营练舞 3 个月,我没日没夜地训练,腿上到处是瘀青,拉筋疼得快要虚脱了。为了这个节目,关系最好的朋友的婚礼、毕业旅行,我全都错过了。最后,12 期节目播完,属于我的全部镜头加起来只有几秒钟,存在感微弱到仿佛我从来没有出现过。

2017 年,我的演讲视频在社交网络上疯传,当时的我暗暗以为自己的努力终于被大家看到了。结果因为有人质疑我的经历不真实,网络暴力一瞬间从四面八方袭来,上万条评论不堪入目,私信里被指责和谩骂的不单是我,还有我的家人。那时候,我不敢上网,不敢出门,生活就像一场噩梦。

那几年,落榜、复读、被淘汰、被网暴、没收入……我真的很想问问老天,针对我一个人,有劲吗?为什么人生对我要如此不公平？

直到后来我才明白，那些我们曾经认为的人生里的"不公平"，其实只是因为自己还不够好。

节目上，为了博人眼球而刻意表现出来的"奇葩"，其实是一张不属于自己也无法长期驾驭的面具。不仅遮盖住了最真实的自己，也丢掉了最宝贵的真诚。为了迎合所谓的规则而失去了最真实的自己，最终也一定会导致动作的变形。

参加选秀活动认为自己已经足够努力了，怎么还没有被大家看到？那是因为有人比你更努力、更强大。这个时代，努力不应该是值得标榜的勋章和面对所有质疑时的回复话术，它应该是一种标配。当我们在抱怨为什么别人没有自己优秀，却比自己幸运的时候，想想马东老师说过的那句话："只有你足够与众不同，你才能足够被需要。"

至于那些陌生人的恶意与谩骂，我们控制不了，更别期望能用自己的经历来博取同情。这世上从来没有真正的感同身受。很多艰难险阻的穿越，得靠我们自己。每当因为这些恶意而伤心时，我都会告诉自己："两岸猿声啼不住，轻舟已过万重山。"

我记得在2014年巴西世界杯比赛中,西班牙队以3∶0完胜澳大利亚队,但这场胜利来得太晚了,西班牙队还是因为前两场比赛的失利而遗憾地离开世界杯赛场。当时解说员在终场时动情地说了这样一段话:"人生当中成功只是一时的,失败才是主旋律,但是如何面对失败却把人分成了不同的样子。"的确,被生活打趴下的时候,我们当然可以选择一蹶不振,因为没有人会替你的选择埋单。但同时可以选择回过头冲它笑笑,告诉它除非我自己乐意选择趴下,不然谁也别想把我打倒。

这几年,我转型做自媒体博主,越来越觉得,生活不仅需要拥有提着一口气的坚忍,更需要拥有对自我的正确认知。

有人说,成为知名博主,无非是因为运气好,抓住了短视频的风口而已。**可这个时代风口常有,却不是每个人都能成为飞上天的猪。**

自媒体时代，粉丝超过百万的博主那么多，想在激烈的厮杀中存活下来，依靠和凭仗的不仅是你的勤奋和努力，还需要有属于你自己的竞争力，那是你的标签、特色和魅力。

　　新昌的千丈幽谷，在旁人眼里或许只是千篇一律的茂密竹林，在我看来却载满《绣春刀2》中北斋和沈炼的侠骨柔情。神仙居的云山雾绕，有人道这散不去的雾气煞了风景，可我却看见李太白"烟涛微茫信难求"的梦境。行在路上掠过万般风景，那些高山流水就相当于一千个哈姆雷特，是英雄还是莽夫，是高尚还是粗鄙，只取决于你自己。

　　虽然还处在"2"字开头的年纪，但我已经背着背包走遍了中国。我在慕士塔格雪峰缺氧晕倒，在可可西里和沙尘暴过招，在帕米尔高原找一场不周山的神话，在腾格里沙漠支帐篷等一场日出……

　　一个女孩子干吗那么拼？可是，生活才不会看你是姑娘就手下留情，你需要自己去争想要的公平。

　　谁说女孩就不能冒险，不能做梦，不能去远方？我虽然身材矮小，但一直在强大自己的内心；我虽然外表柔弱，但一直都在挫折中重新站起来。穿着高跟鞋，我能走得很好，脱了高跟鞋，我更应该知道往哪儿跑。

曾经那些坐冷板凳和被人忽视的经历让我明白一个道理：当遇到挫败时，如果不去想着怎么爬起来，而是一味从别人身上找原因抱怨这个世界，那么此刻就是坠入深渊的开始。

如果用质疑的眼光看世界，漂亮姑娘后面大概都该有个大叔，年轻人有钱大抵是他有个有钱的老爸，别人比你成功一定是因为潜规则……其实你已经开始在为自己找借口。

在我看来，成功者没有那么多不可告人的秘密，借口只是遮羞布，万事不如意才是人生的常态。人生就是这样，我们没办法常常都赢。 停止抱怨不公，停止嫉妒别人的幸运，把那些时间留给自己，去变得更加强大吧。只有强者，才有资格把过往的丢脸经历和挫败变成当下的励志故事，甚至是茶余饭后的谈资。

借用我很喜欢的一段话：

你认为的不公平，其实是你还不够好

无论你喜欢与否，生活都是场比赛，懦夫从未启程，弱者死于途中，强者就必须前行，一刻也不能停。

想赢这个世界？只需要你站起来的次数比倒下的次数多一次就行。

找到木桶中最长的那块木板

2021年东京奥运会整个赛程期间，大家都对我们的国家乒乓球队给予了高度关注，为乒乓球队的运动员摇旗呐喊，而提到国乒队队长马龙，除了一块块耀眼的金牌以及超级全满贯的身份外，还有一个非常突出的能力标签："六边形战士"。也就是说，从力量、速度、技巧、发球、防守、经验六个维度分析，各方面技能都很强大，没有任何一角会失衡。

说实话，对于这样的人我是非常尊敬的，因为其强大的背后，不仅意味着有天赋加持，更需要付出比常人多千倍万倍的辛苦、努力、思考和迭代。同时必须要承认，我们中的绝大多数人，终其一生都无法将"六边形"的每条边、每个矩阵最大化，勾画得如此完美。

就像是我们从小到大耳熟能详的那个木桶理论：一只木桶能装多少水，取决于它最短的那块木板。因此这个故事一直都被用来教导我们千万不能有弱项，一个人必须把它的短板补齐。

不可否认在学生阶段，这样的底层逻辑是没有问题的，因为在既定的考试规则下，任何一个科目的弱势都会给最终的结果拖后腿。而当迈过那个名叫高考的山丘，我们会发现人生的每个阶段都会有不同的格局，需要你采用不同的视角来分析。回到不再只看重平均分的真实生活中，那块长木板其实更为重要。它是你身上最醒目的能力和标签，是最有可能被自己和别人看到和欣赏的要素。

每个人身上都具备着别人拿不走也抢不去的特质与能

力，而那块长木板，可以让你觉察出自己的闪光点，通过自己的优势来确认成长的方向和目标，并且逐步确定自己是否有做成一件事的实力和能力。

长板也更多地决定了你的不可代替性。在职场上，最大的竞争力绝不仅仅是表面上看起来的你的细心、执行力和沟通能力。在我看来，一家公司或者一个老板，要的不是你"什么都可以"，而是你的稀缺性与不可替代性。而达到这一点最快速也最有效的方式就是把你的长板无限变长。

这块长木板的另一个名字叫作"你的优势"。只有在一个专业的领域中让它继续滋长、发力，直到有一天，你的优势足以撑起你的生活日常、你的经济收入，才能帮你收获足够多的骄傲与自信。至于短板，我们要做的就是在成长过程中，通过不断的修饰与弥补，至少把它拉至平均水平线。

比如，团队合作就是我的一个短板，一度给我带来了非常多的问题和困扰。因为很多时候，我们的工作是没有办法一个人完全承担的，必须依靠团队协作共同努力，而由于不擅长这种整合协调的能力，就会在无形中让自己承担太多不必要的工作和压力，消耗太多不必要的时间和精力，整体的工作效率自然也就会变低。

意识到这个问题后，我开始不断有意识地进行调整。我从来不觉得短板是不可克服的，它可以让我们在撞了南墙、栽了跟头、吃了暗亏之后，不断去提高认知而逐渐弥补。当然，这也要建立在我们已经有了明确目标和方向的基础上，如果没有这项基础，再怎样弥补短板也会显得吃力为难。

比如，我的短板还有我长得没有那么好看。在艺考的时候，我就开始意识到这一点，作为艺术专业的学生，容貌也是选拔的一项指标。那时候我还戴着牙套，完全不懂得如何打扮自己，只会笨笨地模仿身边人去化妆，不仅没有放大自己五官的优势，反而适得其反。直到今天，我所拥有的还是同一张脸，但我不会再焦虑于自己为什么没有那种建模一般完美的五官，也懂得了与其遮挡不足，不如放大优势，而我手中的另外一项武器，叫作自信，叫作让自己变得更优秀。

无论是长板还是短板，其实都没有必要去刻意神化它、放大它。生活不是偶像剧，故事里的主角也不会永远是那些

长得帅、成绩好的学霸"男神"和长得美、家境好的漂亮"女神"。每一个平凡而努力着的我们,才是最真实的存在。

  我不否认,这个世界上一定有天才存在,他们用人类最优秀的智慧创造着最先进的文明,我们仰望并尊敬他们。但,这样的人真的太少了。我们更希望能够靠自己脚踏实地的努力去创造成果。

  与其一生纠结那块好像会漏水的短木板,不如找到那块最长的木板,并用自己全部的能量让它无限延长,然后你会发现平凡中的奇迹。

你就是自己的铠甲

没有安全感是一件坏事吗？并不尽然。

正是因为没有才会在乎，才会想要努力去为自己的生活做出一些实质性的尝试和改变，去寻找方法来弥补和加固自己的护城河。如果没有敏锐的洞察力，一味忽视风险的存在，当风险真的来临时，只会更加辛苦。正像那句话所说："潮水退去后，才能看到究竟谁在裸泳。"

安全感的内核究竟是什么？在我看来是能力，是把握人生主动权的能力，是在机会中证明自己的能力，是拥有生存

本领赚到钱的能力，是能独自建立抵抗风险机制的能力。只有用这些能力把自己武装起来，才会让我们在面对每一次选择时，不害怕、不失控。

安全感同时来源于不断对自己的出路进行清晰的判断，不断对自己的生活进行思考，从而得到更加明确的答案，把人生的节奏和基调牢牢掌控在自己手里。因此，在人生的不同阶段，安全感长了一张不同的脸，拥有不同的名字。

大学刚刚毕业时，机会对我来说意味着一切，假如有一份好的工作机会和一份丰厚的工资同时摆在我的眼前，我会毫不犹豫地选择前者。在所有的梦想和目标面前，我一次都没有把收入列为第一选项，当然不是因为自己有足够的积蓄，事实恰恰相反。但这也恰好从侧面验证了一个道理：只有在抛出硬币的一刹那，我们才真正清楚自己心中最为看重的东西。鲜衣怒马少年时，青春不会再来一次，有些机会也不会再有，那个时候安全感的名字叫作"被选中"和"被看见"。

千万不要害怕,安全感其实从来都没有躲起来过,它始终就在我们身后,帮我们把自己变成可以保护自己的最坚韧的铠甲。

后来慢慢地开始有了更多的工作机会，也看到了更大的世界，但我至今记得自己去电视台实习的时候，当时的领导对我说过的一句话：**"钱其实挺重要的，至少它会让你在这座城市里过得没有那么狼狈。"**

这句话对我的影响很深，在某种程度上也把我从简单到非黑即白的"小白心态"中一把拉出，让我触摸到了真实的生活。我们必须承认，好的机会可以让我们掌握更多的能力、看到更多的可能，可金钱的确能够带来实打实的来自现实层面的安全感。不得不说，我们这一生中需要用金钱来捍卫尊严的时刻实在太多了。一个人在外打拼，突然接到房东要求涨房租的电话；父母年纪越来越大，身体出现状况需要住院治疗；孩子有兴趣爱好，想要报名各种不同的课外项目；遭受了职场不公甚至霸凌，究竟是离职还是将就……

经济基础决定上层建筑，梦想也没有办法脱

离生活，只是空中楼阁。金钱不是唯一，不是所有，它本身没有那么复杂，也不需要那么多意义。只是当问题扑面而来的时候，金钱让我们可以有一个名字叫"不"的选项，可以尽量减少那些不得以的妥协和退让。

我曾经听到一些女孩说过这样的话，"我的梦想是做一个家庭主妇，做一个全职妈妈"或是"他负责挣钱养家，我负责貌美如花"。我们不能随意评价任何一种梦想的高低和对错，因为每一种家庭分工都有独属于自己的排列组合和最优解，我只是希望每一个女孩都能在生活中发自真心地喜爱和尊重自己，把决定权握在自己的手里，让自己有随时可以上牌桌出牌的权利，进可攻，退可守。而不是把牺牲和奉献当作爱的最好的表达，把赌注全盘押在了另一个人身上。

人的一生，绝大部分时刻都是在和自己相处、对话，亲情、友情、爱情给了我们很多的温暖和底气，但很多艰难时刻，我们最大的依靠还是自己。比起拥有什么样的父母、爱人、家庭、背景，拥有什么样的能力和内心，才是支撑我们走到最后的内核。

我们没有办法去阻止周围诸多事情的改变,也没办法阻止很多人的离开以及很多情感的变迁,但唯一不变的是自己的内心和长在身上、刻在胸口的勇气和能力。千万不要害怕,安全感其实从来都没有躲起来过,它始终就在我们身后,帮我们把自己变成可以保护自己的最坚韧的铠甲。

成为一个
平凡的人

几年前，我有个高中时代的好友找我倾诉。那时她刚刚毕业，在北京一家不算特别知名的公司入职不久。就在她人生正拐弯换路的这个当口儿，她带着一些迷茫和不甘来找我聊天。

朋友向我吐槽她的女性上司，认为她并不是凭借真本领才拥有今天的一切，以及另一位男性上司没有接纳自己对一个项目的想法和意见。她说了很多，关乎她对工作现状的不满以及心理预期的落空，她迫切地想辞职去进行某个领域的新尝试，想做出一番成绩。她聊到自己正在为了这个新的尝试找投资，说到自己有相应的人脉资源，觉得铺开这条路应该不难。因为她想尝试的这个领域恰好是我所了解的，所以她希望我能提供帮助。于是我简单问了一些基础问题，但她给出的回答证明：她对这个领域所知甚少。

其实我这位朋友的迷茫很常见。对现状不满意，却又无法静下心来慢慢耕耘改变，有些急功近利，希望能尽快得到一个结果，尽快过上能和"成功"贴近的人生。

如果换作旁人，也许我会说一些安慰鼓励的话，当一个不得罪人的老好人。但因为是学生时代就建立起的珍贵友谊，所以我顶着做恶人的风险直戳要害。

我问她：你能接受自己是个平凡的普通人吗？

好友愣住了，半天之后带着卡顿的状态点头说：我……我能接受啊。

但她和我都清楚，她不能。

我能理解她无法接受自己成为一个平凡的人。大学刚毕业时，我们都是血气方刚的年纪，人生有太多的可能性，也有太多能够实现梦想的方式，每一天都是充满期待的、没有被定义的，整个世界的大门就在我们的眼前徐徐打开。所以那个时候，承认自己是个平凡人这件事，根本就是无法想象的。

曾经十八九岁偏要勉强的我也认为，如果人生只剩"普通和平凡"，那活着还有什么劲儿？

但大多数年轻的我们，却不愿意付出耐心等花开，我们对于出人头地这件事有些迫不及待。随着年龄的增长，在生活中浸泡的时间变长，越来越多的压力、责任奔涌而来，哪怕我们终于开始洞悉到人生的真相之一就是并不是所有的努力都必然会有好的回报，很多事本来就是徒劳无功的，但我们依然很难接纳自己就是一个平凡的人。

因为在我们的成长过程中，从未有人真的给我们上过"平凡可贵"这堂课，我们一路走来听了太多的"不平凡"。

我们看过太多的故事，听过太多的传说，里面的主角永远有最完美的背景，不费吹灰之力就可以拥有一切，就连主流仙侠剧的人设也动不动就是六界之主、上神主神。推动剧

情的主线都是为了"天下苍生",但故事里却很少能看见"苍生",因为他们沦落成为塑造主角光环而随意存在的路人甲乙丙。所以在我们最早的认知中,光鲜亮丽的人生才是最酷的,怎么可以只是一个小小的配角?怎么可以平凡?

回到现实世界,小时候我们听到身边所有人都在说,你应该出人头地,应该成为人中龙凤,应该名利双收……但真实的世界是由一个又一个平凡的人构成的,没有那些法术技能,也没办法上天入地,真正能够出类拔萃的人凤毛麟角,名利也并非只有表面的光鲜与亮丽,就算上了名校,也未必能光芒四射。

不知道从什么时候开始,仿佛正确而优秀的人生就是一张清单:

1. 我要考上一所什么样的学校?
2. 我要找到一份什么样的工作?
3. 我要嫁一个什么样的男人?

4. 我要生一个什么样的孩子?
5. 我要开一辆什么样的豪车?
6. 我要买一套什么样的房子?
…………

当这些条条框框里有一些数值没有达到预期,没有匹配自己"人中龙凤"的想象时,我们就开始充满焦虑,急切地想改变现状。

但其实每个人的追求在不同的年龄阶段会有不同的变化。比如你在二十多岁时考了公务员,觉得自己已经有了稳定的收入,但内心对更有冲劲的生活还有渴望,于是不顾一切地辞职,奔向大城市。奋斗了五年多,终于有了买车买房的能力,又可能会开始向往安逸的生活,渴望离开。这样的过程就该被定义为纠结、混乱、不安吗?我觉得不然,大部分人的自洽,都是需要过程去完成的,我们可以用大把时间去追求"不平凡",但最重要的是,等到追不到、过于疲惫的那天，也应该学会坦然。

人生的选择没有对错优劣之分，人生的方向也不是只有一套标准答案，或许我们终其一生就是没办法做这个世界的主角，但不妨碍我们可以做自己的主角。找到自己的主场，不去别人的赛道奔跑。平凡不是平庸，也并不意味着我们会放弃努力、向上、奋斗和奔跑，而是让自己活得更加脚踏实地，不再惧怕和焦虑，学会和自己的渴望、不甘、不足相处，并学会给自己足够的温暖和善意。

平凡不一定是唯一的答案，但是敢于接纳平凡，才是真的勇敢。

你该如何抵达

第 3 章

想要和得到中间还有两个字：做到

我们都有登上舞台十五分钟的机会，
但十五分钟之后是否还能留下，要靠你自己。

这个世界
根本就没有怀才不遇

"世有伯乐,然后有千里马。千里马常有,而伯乐不常有。"想借这句大家都耳熟能详的古文,聊一聊怀才不遇这件事。

这句话诞生的时代,衡量一个人成功的标尺还没有如此多元,能够供大家展示才华的平台非常有限,科举制度几乎成了每个人实现抱负的唯一渠道和路径。这扇门关上了,其他的窗也很难推开。太多的千里马,空有一身才华和抱负,一生也只能盼一赏识其才华的伯乐,迎接自己等待和被选择的命运。

到了今天，在某种意义上，我们可以说怀才不遇似乎变成了一个伪命题。一部手机就可以成就一个人，无论作为千里马的你优势在于唱歌、绘画、跳舞，还是搞笑、厨艺、表演、化妆，只要你能呈现不一样的东西，就有在人群中脱颖而出的机会与可能。

这个时代的伯乐也有很多，平台、媒体、自然流量、自然热搜……都可以瞬时将一个人推上舞台。**所以，相比于探讨伯乐的稀缺性，我们更应该在意：一匹千里马，它应该长成什么样子？它如何才能够跑得更久？**

至少我希望自己是不被埋没的那一个。很多人最早认识我，是通过《我是演说家》的舞台，但却很少有人知道那期节目差一点就没有办法被大家看到。参加节目录制时，为了呈现出更好的效果，仅演讲稿，我就修改更新了近五十个版本，每一版都花了非常多的时间打磨，再将其背到滚瓜烂熟。我对那次节目抱有非常大的期待，却没想到在节目播出时，守在电视机前从开头看到结尾，都没有看到自己的身影。我给编导打电话，得到的答复是："经过权衡，还是觉得整体内容和这期节目的主题不是很符合，所以才拿掉了。"当晚，我一夜未睡。

没想到几个月后，当我对这件事已经不抱期望时，我却接到了节目组的电话："演讲内容很精彩，会重新安排在临近开学的时候播出。"

我有时候会想，如果那段演讲最终仍未得以播出，我的人生是否会有完全不同的走向？必须承认，一定会少了一个非常重要的闪光时刻，甚至此后的职业路径也很可能会发生改变。所以我很感谢那个让我被人看到的舞台——哪怕背后有着不为人知的小波折，同样也很感谢当时很努力的自己，努力奔跑留下的脚印终会被人看到。

当然，在我们还没有足够的能力策马扬鞭时，千万不要去责怪为何风没有吹向你。

每当我要招聘一起出去旅行的剪辑助理时，总会收到很多应聘者的询问:"我好想试试啊!""我可不可以?"很多人也会在简历里写明,自己并没有把剪辑助理的职位当成一份工作,而是一种期待和想象——我从未接触过这样的生活方式,也希望能和你一起走南闯北看看很多地方。

我也带过几个实习生,在一起工作的过程中发现他们身上有一个共同的特性:对工作和自己当下的能力还没有完全清晰的认知。在对工作内容还一头雾水时就渴望挑大梁,急于在核心业务中展现能力,但当实际工作与想象出现落差时,又开始打退堂鼓,埋怨自己没有得到好的机会。

其实,无论作为刚奔向草原的小马驹,还是已经奔驰有道的千里马,大家都要明白:**工作本身是一件非常专业且中性的事,并不是只有想象中的美好,摆正心态非常重要。**假如在一些年轻人心中,我会是他们的伯乐,那么,我也会希望我看中的千里马能够更皮实一些、心更沉一些、更有智慧一些。相比较只会一味吃苦,千里马需要拥有更多的灵性,以及长期专注做一件事情的能力。

虽然,哪怕是此时此刻的我也不能拍着胸脯说"只要在自己的岗位上坚持下去,就一定能看到未来,一定能遇到属于自己的伯乐",这有点画大饼了,就像很多领导会和下属说"你应该去提升自己,才有机会接触核心业务",很多时候会让你认为是一种外部视角里的习惯性说辞。但无论眼前是围栏还是旷野,我们内心都需要有一根量尺,无论多高、多远,都会作为丈量和超越自己的标杆。

安迪·沃霍尔说过:"每个人都能当上十五分钟的名人。"我们很庆幸今天所处的这个时代给了他肯定的呼应,让每个怀才之人都有"遇"的可能,但也需要认清,没有人一步就能抵达多高、多远之地,只有去经历更多的锻炼,拥有更多的经验,逐渐明确方向,才能够最终找到自己的归属和价值。

我们都有登上舞台十五分钟的机会,但十五分钟之后是否还能留下,要靠你自己。

世有伯乐,亦有千里马。伯乐常有,愿千里马常在。

试错，
不是错

很多人都觉得高考之前那十几年为了考试而奋斗的日子，虽然看起来单调，却是人生中最美好的阶段。我很认同这个观点，但理由却不是因为那是最美好的时光，而是因为那是人生中目标最清晰的一个阶段。

我们奋斗的目标叫大学，它有一本、二本、三本的明确档位，有严格的分数线以及明确的考试科目。每天有固定的上学、放学时间，更有老师和家长督促着你要学习。虽然没有太多自由，但你知道要朝着哪个方向用怎样的姿态奔跑，这是一条足够明确的上升通道。

设想一下，你一直在玩一款游戏，朝着一个目标坚定前进，以为那就是最终关卡，通关后却来到一张崭新的大地图上。曾经引导你的NPC（非玩家角色）消失了，定时提示下一步该如何做的消息不见了，你站在一望无际的地图上茫然失措。这个过程，像极了我们结束高考走进大学的过程，在终于拥抱自由的同时，也是很多人失去明确方向、走向迷茫的开始。

如果说进入大学的我和同龄人有哪里不一样，大概就是在走上这张大地图后，我依然有一个坚定的方向。虽然这个方向不够具体，但起码路线清晰——我要去北京。这是我的执念，也是让我没有坠入迷茫的有力武器。

有了方向只是大方针，更重要的是制订具体的计划。当时身边很多同学都会做计划表，比如几点起床、几点读书、几点睡觉。早起、读书、运动这些事可以用碎片时间来做，使之成为贯彻人生的良好习惯。但我个人觉得，如果大学这个积蓄能量的阶段计划表里只有这些，它们没有为一个明确的大目标服务，很容易就会因缺失阶段性的成就感而导致半途而废。

大学时期，我也为自己列出了一份计划。这份计划是分阶段的。

第一个阶段的主题是：毕业后，我要去哪个城市，从事什么职业。

为了让计划不是纸上谈兵，不是心血来潮，我决定花时间真正体验——开始试错。

第一项体验：在互联网公司做营销策划。当时我的学校在江宁区，实习地点在仙林，在南京生活过的人一定能明白这是一段怎样的距离。那几个月，每天六点，当室友们还在熟睡时，我已经翻身下床洗脸刷牙，随便抓一个面包飞奔到校门口。先坐公交车，再转两次地铁，下了地铁后再步行一段距离才能赶到公司打卡。每天的往返通勤时间近四个半小时。

第二项体验：在某综艺节目中当选手管理，简称"选管"。这份工作需要长时间熬夜，几个月的时间里，我每天都是在凌晨三点之后才能入睡。实习地点在上海，我需要攒够足够的高铁费用，频繁地往返于南京和上海之间，兼顾着学业和想体验的事业。

第三项体验：成为舞蹈演员。大学时在学校参加舞蹈社团的经历，让我学习了几年街舞，教学楼区域的舞蹈房里留下了我和小伙伴们太多的汗水。那时我经常参加比赛和演出，甚至把跳街舞当成谋生的技能来赚取生活费。虽然最后因为天分着实不足，它没能成为我的职业选择，但这个阶段的体验让我有了一个重要发现——我很喜欢舞台。无论是学校的报告厅还是演出的小舞台，每次站在上面被聚光灯环抱的时候，我都会生出一种喜悦。原来我不畏惧舞台，我喜欢被灯光照耀，我开始思考——今后我有可能从事和舞台相关的工作吗？

在不断的试错当中，我找到了自己计划中第一阶段的答案。"我想去北京，从事和舞台相关的职业。"就是这个答案，坚定了我去北京的信心。

其实在我不断试错的每一个阶段，都有不同的人告诉我："你像无头苍蝇一样到处乱撞、到处尝试是没用的，人要有明确的目标和清晰的方向。"我当然相信这个道理，但是人生中还有另一个很残酷的真相：并不是所有人都能足够幸运，可以在二十多岁的年纪找到一生笃定的奋斗方向。我们不过是平凡的大多数，但从不甘于平凡，一直在寻找目标的路上。

从小到大，从来没有一堂课，教过我们以后的路该怎么走，于是，我们只能用自己的笨方法去摸爬滚打、不断试错。这个过程确实非常狼狈辛苦，姿势也没有那么好看，甚至到头来大多数努力只是一场空。可我依然感谢它，因为它让我在准确地了解自己的目标之前，先找到了自己的不想、不肯和不要。知道自己讨厌什么样的工作状态，进而能够让自己

也许明天并不会因为我们的不断尝试而发生翻天覆地的改变，但人生总是拥有无限可能，相信总有一天，你会在一次次试错中，找到属于自己的星辰大海，那里一定藏着只属于你自己的正确答案。

切实感受到，当下正在做的事情，自己是否愿意为之花费时间和精力，是否愿意为之奋斗和奔跑。

试错当然需要代价，这个过程中你会受到很多质疑与否定，会在一次次失败中产生自我怀疑，甚至会被现实按在地上摩擦，留下难以磨灭的痕迹……但那又如何？现实从来不会为生命提供温床，每个人都是一边舔舐伤口，一边在奋力奔跑。

试错当然会有所失去，无论是时间、精力，还是热情、野心，难免会在没有收获和成就时逐渐消解远去。始终保持初心是很难的事，我常鼓励自己——不要害怕失去，也不要为试错带来的失去过分伤心，认清了一条不属于你的路、一个不属于你的人，应该为自己感到庆幸。

试错还需要趁早，不尽早尝试，未来可能需要付出的代价和承受的压力会更大，最后甚至会变成对生活的厌恶和妥协。**我很认同"年轻就是资本"这句话，这种资本当然不是金钱的代名词，而是你正拥有着很大的被包容度和犯错空**

间。犯错能使年轻的我们积累经验，经验会在未来帮助我们快速做出更加正确的决策，让我们拥有更加从容的姿态，去面对人生当中需要扛起的家庭重担和社会压力。

如今每每回想起过去自己走过的每一条路，我都会有一种"如果没有当初，怎么会有现在的自己"的感慨。这些年来，风不一定会吹向我的每一程，很多时候，整个人是站在阴影中追着阳光奔跑，稍微落后喘息一下，风雨便会打在身上，落魄无助。如果在坐标轴上画一条曲线来展示走过的路，它绝不是一个简单的一元二次方程，而是一道九曲十八弯需要不断破解的难题。

但至少我很清楚，解错了，不代表我们无能；选错了，也并不意味着人生从此就会一事无成。相反，比起"错"的结果，更重要的是"试"的过程，它能让我们更加强大、诚实地面对自己。我们不需要强行说服自己拥有"干一行爱一行"的心态，只有找到了那条最适合自己的赛道，我们才可以披荆斩棘。

人生的考场上，考卷终究会发到我们每个人手里，但从

088 - 试错，不是错

来不会有一个定律叫作"只选C"。也许明天并不会因为我们的不断尝试而发生翻天覆地的改变，但人生总是拥有无限可能，相信总有一天，你会在一次次试错中，找到属于自己的星辰大海，那里一定藏着只属于你自己的正确答案。

越自律，
越自由

自从从事了自由职业，总会收到很多相同内容的私信，而私信里的话，身边的很多朋友也曾经说过："房琪，真的好羡慕你，没有通勤，也不用坐班，不需要每天面对固定而重复的工作，没有'996'也没有KPI。"

同为打工人，我当然理解大家日常工作中的辛苦、琐碎和疲累，但就像这个世界上从来都没有绝对的自由一样，自由职业也是一个需要我们加上引号重新认识的人生选项。

正是因为没有了制度和人的约束，反而需要我们对自己有更高的要求和更严格的规划。因为**你就是自己的领导、监督员以及执行人，你要为所有的过程和结果负责**。没有了考勤制度，也没有了奖惩机制，一切的一切完全依赖于你自己的自律和自觉。

曾经读到这样一句话："不管幼时你有多少天赋和灵气，到了三十岁的当口儿，可能都会慢慢淡化和流失，三十岁以后，支撑你走下去的是你的判断、理智、自制和专业。"合上书，我对这句话深感认同。**任何人，靠天赋是没有办法走完一辈子的**。随着年龄的增长、生活状态的改变，我们会越来越发现最需要把控的是我们自己。譬如，如何不断通过学习去和大自然及时间带来的精力改变、记忆变弱做风险对冲，如何让自己的天赋拥有专业和逻辑的加持，如何学习与时间以及自己相处。

现在回想起来，大学毕业至今，我最忙的时候应该是2019年。那个时候，我每个月都要完成二十几条视频的拍摄和剪辑。哪怕是对今天的我来说，这个节奏都是不可想象的，几乎没有时间是真正属于自己的。上了飞机就开始写文案,到酒店的时候倒头就睡,第二天睁开眼马上开始拍摄,晚上回酒店继续剪片子……这样的状态持续了差不多有一年半的时间。我完全没有办法停下来,因为一旦节奏稍微放缓,既定的工作量就没有办法完成,所有的更新节奏也会被打乱。

那时候的我,几乎把一切都给了工作,效率也非常高。现在回想起来,真的可以问心无愧地说一句自己做到了非常高标准的自律。杜绝了很多娱乐游戏,每天卡着点过日子,每个时间段需要完成什么都是按照严格的标准执行。时间就是最值钱的东西。

那一年,我在腾格里沙漠等星河,在奥利洪岛看贝加尔湖的蓝冰,在巴西的绿茵场看梅西奔跑,在旧金山坐铛铛车感受加州阳光……我的抖音粉丝突破七百万人,全网粉丝超过一千万人,我拿到了"旅行达人"的第一名,拿到了微录主(vlogger)的奖项,被各大峰会邀请演讲……那一年,我飞行了一百三十一次,飞过了二十七万九千八百三十四公里,总共飞了两万六千六百四十分钟。

但与时间赛跑的过程,总是需要张力存在的。我逐渐发现,自己这样的状态不能长久持续下去,我不能没有自己的生活,不能不去吸收这个世界的养分,不能永远在朋友相邀时说一句"对不起",不能永远把家安放在行李箱里。于是,我开始从另外一个维度去重新思考、理解和定义时间。

过去的两年,如果说有哪部电影让我记忆尤为深刻,一定是《心灵奇旅》。如果问我为什么会对这部电影有那么大的感触,我觉得是因为电影的主人公乔伊·高纳。他作为一个爵士乐手,之所以能够创作出那么多美妙的音乐,是因为生活为他的创作提供了最基础的养分和支撑。他需要感受到花香,看到人和人之间的关怀,闻到美食的味道,吃到那口比萨,才能创作出有感情的东西。我逐渐意识到,每一个内容创作者都是一样的,是离不开感情的。而感情来源于生活,来源于更多的感官刺激、联结和体验。如果我没有时间去感受了,终有一天会变得麻木僵硬。

也是从那一刻起,我做了一个决定:重新调整自己的步调，也希望通过重新定义自律与时间的关系，让自己的创作生命力延长得久一些，再久一些。

现在的我，同样觉得时间很宝贵、很值钱，但已不仅仅是要在单位时间内完成多少数量的任务，而是人生短暂，我既可以用它来实现我的个人价值，也可以用它来陪伴家人，多给自己一些花香、一些感受。

当然，此时此刻之所以能够说出这些话，是因为我已经经历过了那个一心奔跑的时期。我也依然相信我们每个人的人生，都需要一个加速奔跑的阶段去让自己快速成长，就像我曾经走过的 2019 年。

因为年轻的时候，我们往往没有那么多选择的空间和能力，很多事情都需要自己勇敢地站出来，去跟这个世界叫板，为自己储藏更多的资本与能量。直到慢慢成长到一定阶段，我们有更多的选择时，时间价值才会变得更高，能握在手里牢牢把控的事物，才会越来越多，才可以更多地去选择自己想要什么、不要什么。

每一个阶段的人生节奏,
都是由一分一秒的时刻组成的,过好这些时刻非常重要。

时间是有节奏的，当它走得快时，我们也得加快步伐。如果前期没有积累好可供自己选择的基础，那么我们只能永远被动，永远很难主动选择，最终被时间拖着往前走。还没来得及去感受生活，就已经被生活的焦虑所困扰。

每一个阶段的人生节奏，都是由一分一秒的时刻组成的，过好这些时刻非常重要。比如，我总会拒绝一些无效社交，因为无效社交并不仅仅是说这场交流对我的工作没有任何帮助，甚至是对个人生活也没有任何助益。并非你跟别人一起吃个饭，就会快乐了，就会觉得人生有意义了。很多时候，这顿饭是可吃可不吃的，这个人是可见可不见的，将时间浪费在这些事情上，在我看来是毫无意义的。除非你觉得这些符合你内心真正的快乐原则，且真实、有效。

我很认同一种说法，拥有吃苦的能力并不是要在时间的维度里去过苦日子，而是能战胜时间

带给我们的一次次挑战和挑衅。长期对一件事情保持高度关注，拥有长期聚焦的自制力，且能够积极地调整自己在不同时间维度下的状态，用自律和专注约束自己的行为，这才是真正辛苦的事情，也才会真正给我们带来只属于自己的自由。

拥有
被讨厌的勇气

最近一直在重读岸见一郎和古贺史健先生所写的《被讨厌的勇气》，里面有一句话我很喜欢："被讨厌的勇气并不是要去吸引被讨厌的负向能量，而是，如果这是我生命想绽放出最美的光彩，那么，即使有被讨厌的可能，我都要用自己的双手双脚往那里走去。"

我被这句话深深打动，因为我知道，自己并不是一个天生就讨人喜欢的人。成长至今，如果说有哪个地方是我最不自信的部分，答案一定是人际关系，尤其是长期生活的团体中的人际关系。高中时，因为与好朋友吵架产生隔阂而被大家孤立的经历一度给我留下了不可磨灭的印象。而大学学生会时屡屡被排挤的情况更是让我本能地对人际交往产生抗拒。

以前每当回想起这些，我总会认为这是别人的问题，但如今再回头看，里面一定也有我的责任。就像有句话说的一样："每一把刺向你的刀，都是你亲手递给别人的。"在团队中，我不是一个柔软的人，喜欢快速做出决定和判断，不擅长协同作战，更相信自己的选择。因此很容易在无形中伤害到别人，或者没有办法第一时间顾及别人的感受。这是不争的事实。

我一直认为，有两种人与团队生活非常适配：一种是不太在乎自己存在感的人，他们不喜欢站在台前表现自己，会主动遮掩起自己的光芒，故而不太会轻易引起别人的目光和质疑；另一种是情商很高的人，他们可以让每个人都觉得舒服和融洽，在每个人都喜欢与之共事的同时，自己也能够大放异彩。以上两种特质我都非常欣赏，一种关乎选择，一种关乎能力。

随着经历的事情越来越多，自己也越来越成熟，我开始意识到，很多问题的解决方式并不是只有简单粗暴一种，这个世界上原本就不是只有极端的喜欢或者极端的讨厌。被人喜欢不是一项我生来具备的天赋，却是实实在在摆在我面前的一个课题，我不可以一味放任视而不见，或者只用"没办法，我就这样了"来麻痹自己。我们没办法也不可能把自己活成一个一腔孤勇的将军，只身一人冲进战场，我们需要背靠背的战友。

摔过跤跌过跟头之后，我猛然发现，更喜欢自己的判断的另一面往往意味着我们没有给予他人足够的信任，天然对别人的想法有所质疑，没有办法很放松地把事情交给别人来完成，而事必躬亲最后的结果也必然会导致自己精力和时间的过度消耗。让自己背负全部的压力，身边人也会因为无法得到信任而离去。**因为人一旦在人际关系中确认了"只有我是正确的"的念头，就让自己活在了竞争之中，进而演变成**

了"我必须正确"。

单枪匹马去冲锋陷阵这件事情，只适用于人生中的某一个阶段，不可能应用于全程。我们总是要在路上遇见所爱之人并肩前行，需要柔软地去安抚自己与他人的情绪。工作和事业同理。当我们发展到一定阶段，想要突破现有的格局，取得更好的成绩，靠自己一个人的力量是根本办不到的。一个人可以在精神上足够强大，支撑起一支队伍，但一个人没有办法在实践中承担起全部的任务，我们必须找到最合适的人，完成最优的排列组合。

我们每个人都需要在自己的人生中完成一个名叫"自我接纳"的过程，而其中最为重要的就是学会关注"我是否可以为自己变得更好"。学会与人共处，终极目标不是被所有人喜欢，不是期望满足别人的期待，更不是去取悦别人，而是让自己成为一个更好的人，一个靠谱的、值得信赖和尊重的合作伙伴，可以创造出让自己和他人都觉得舒服的状态，可以放心共事，彼此交与后背而不会给人带来压力和负担。

正如《被讨厌的勇气》一书中提到的，如果能够体会到"人人都是我的伙伴"，那么对世界的看法也会截然不同。不再把世界当成危险的所在，也不再活在不必要的猜忌之中，你眼中的世界就会成为一个安全舒适的地方，人际关系的烦恼也会大大减少。

但我们永远没有办法让每个人都喜欢自己，终其一生都没有办法办到。"别人是否讨厌我"是别人的事，但"我是否让别人讨厌，我是否喜欢自己"却是我们要去写下的答案。

我想，找到喜欢的自己，一定是从"不喜欢"的状态开始；去寻找获得幸福的勇气，其中也一定包括"被讨厌的勇气"。

与情绪
和平相处

"情绪不是你对世界的反应,情绪是你自己构建的世界。"这几年,每当情绪波动起伏时,我都会拿心理学家莉莎·费德曼·巴瑞特说过的这句话来观照自己。**一个人的成熟,有很多衡量的尺度,但我觉得最重要的一点,是能够与自己的情绪和平相处。**

人的每一个判断和决策,都是理性本能和动物本能互相战斗的结果,而情绪就是我们身体里那头凶猛的怪兽,它跌跌撞撞地冲过来,常常令人难以招架。但与此同时,情绪的颗粒度也很细微，当它细腻地流淌至全身时，我们甚至连呼吸都难以顺畅，比如：遭遇拒绝会担心有宏大的失去，害怕孤独会引发更多对生活的恐惧和冒险，失败容易导致失望，自卑容易让人陷入迷茫。

谁都没有办法避免来自情绪的考验。

我也有过很多被他人情绪和自我情绪裹挟的时刻。刚刚组建自己的小团队时，我开始学着尝试和初出茅庐的毕业生们一起合作，起初我总会抱着一份带学徒的心态，想着"你不会的，我教你；你不知道的，我告诉你"，但这样事无巨细地带人并没有收获我预想中的效果，反而把自己搞得非常疲倦。

因为付出和投入了太多精力，我总希望可以从对方那里得到同样正向的反馈，希望看到他们进步和成长，希望他们能够理解我的付出。可我一次次地掏空自己，结果却总是充满失望。

很多时候，面对困难他们会把非常强烈的情绪直接甩到我面前："为什么你对我会有那么多的要求与不满？""为什么这份工作和我想象中的不一样？""我已经很努力了，为什么你却看不到？"最后的结果就是两败俱伤。我并没有任何责怪他们的意思，也恰恰是在这样的磨合中，我更加懂得了情绪价值的意义。**我们每个人都一样，无论是什么样的社会角色或者职场身份，都应该尽早学会收敛情绪，尤其是那些伤人伤己的情绪爆发。没有人会愿意选择一个随时可能爆发情绪的人留在身边作为自己的团队成员或者合作伙伴。**

我曾经也是一个因为自我而被情绪左右的人。自我就像一套行为准则，概括了我们在某一刻的喜欢、厌恶以及习惯。比如，在拍摄的路程中偶遇一次非常美的夕阳，我就会很想马上找到相机把它拍下来，但美景往往转瞬即逝，换镜头的间隙里再抬头，夕阳已经被云层遮住。每每这时，我都会非常沮丧："为什么没有拍到最好看的那个瞬间？"急躁情绪会第一时间跑出来。但慢慢地，我越发感受到心智成熟和情绪稳定，对于工作来说简直太重要了。因为只有不被情绪蒙

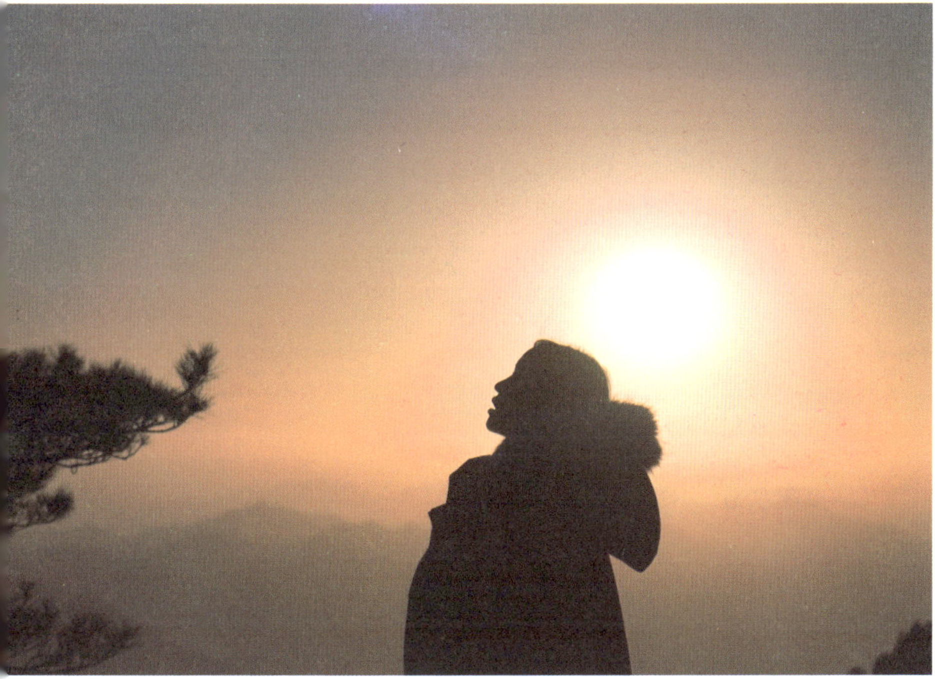

蔽，不被周围的声音所影响，不陷入纠结的死胡同，我们才能更加清晰地发现事物的本质和价值，更能明白自己为什么会选择当下的工作，自己的目标是什么。

于是，当再次与路上的美景擦肩而过时，我处理急躁情绪的办法就是告诉自己，旅行和人生一样，不可能事事美好、事事顺利。虽然它们未能收录到视频中，但那些瞬间已经留在了我的眼里和心里，也许，转瞬即逝的风景也是在告诉我们，此时此刻，只想与你共享。

除此之外，我也在尝试去放慢节奏、放缓脚步、放平心态。着急的人生势必会被更多的兵荒马乱填满，当人身处过山车般的状态之中时，又怎么能以平静的心态和情绪来面对未知？急于求成的背后，或许只是摇摆不定的底色与根基。每天被急躁和不安包裹着，也难以拥有积极健康的状态和身体。

而这些有关心态上的准备，对于刚刚毕业即将一脚踏入真实人生的同学们来说，显得更为重要。鲜衣怒马的少年气质当然是美好的，它不应也不该被现实社会所磨灭，但想要策马扬鞭得更远、更久，除了保持锐气，还需要内心强大和足够专业。要在一道道关卡中驯服自己的情绪，让专业先行，学会去迎接所有未知的考验和挑战。

所谓成长，不就是把哭声调整为静音的过程吗？而情绪本身，其实并不是我们对世界的反应，只是自己构建的世界。 事物本身是不带有任何情绪的，是因为人的信念系统对事物加以判断，才产生了情绪。随着我们的信念系统逐步完善，情绪也会变得更加稳定。当然，别着急，所有的构建与平衡都需要经过磨砺。

愿成长的抵达之处，我们终能遇见这十六个字："迷而不失、惊而不乱、苦而不言、笑而不语"。

我非常喜欢刘玉玲曾经提到的"去你的基金",这是让人在面临公司裁员或者任何因为金钱被胁迫去做违背自己心意的事情的时刻,可以潇洒转身的底气。

关于赚钱的
那些事儿

记得看过一组数据调查，近七成大学生觉得自己毕业十年后可以年薪百万。这则报道，引发了我很多的思考和回忆。的确，我在大学刚刚毕业初入职场的时候，甚至是辞去主持人工作转行自媒体之初，对钱是没有太多概念和足够理性的认知的。那个时候因为选择权有限，甚至没的选，我只能抓住自己手边仅有的稻草，不敢错过任何一个可能。渴望赚钱，也渴望平台和机会，所有的认知和理解都是摸着石头过河。但我始终记得实习的时候老师说的那句话——钱很重要，可以让你在这个城市过得不那么狼狈。

所以真的很想聊一聊关于赚钱的那些事儿，以下是我的几点思考。

一、千万不要不好意思谈钱。

钱很重要，我们出来工作很大一部分原因就是要赚钱的，它或许不是所有的目标，但一定是其中的一项重要的结果。这是一个不争的事实，不必羞于承认。凭自己的本事安身立命，光明正大赚干干净净的钱，让自己和家人活得更有选择权，更能够抵抗生活中各种意想不到的冲击和风雨，是一件非常值得骄傲的事。

赚钱可以不是我们做职业选择和项目合作时的全部判断依据，但一定要成为判断因素之一。哪怕我们刚刚走出校园的时候还没有太多议价的资本，不得不做出妥协，依然要在心中抱有关于钱的正确理解和态度。人的行为都是依托于观念和认知的，只有有了清晰的方法论，才可以真正做到从各个维度对当下的工作前景和未来做更全面的利弊评估，而不是只看得到眼前十米的距离。

与此同时，项目合作的时候，也不要觉得直接谈钱是一件不好开口的事。金钱本身不需要承载那么多的意义，它只是一种度量衡的工具，让双方都能对这份付出有等价的认知、信任和尊重。

二、赚钱的目的是让你有些钱可以不用去赚。

我非常喜欢刘玉玲曾经提到的"去你的基金"，这是让人在面临公司裁员或者任何因为金钱被胁迫去做违背自己心意的事情的时刻，可以潇洒转身的底气。

我们都知道，这个世界上根本就不存在绝对的自由，穷其一生，我们会捉襟见肘、左右为难的时刻实在太多了，生老病死，爱恨难得。"想做什么就做什么，万事万物凭我心意"，那是小孩子的童话世界。但也正是如此，我们才格外渴望也格外珍惜自由，从辗转腾挪中得到那一份可以做到的

"我喜欢"和"我愿意"。

所以，我们每个人都在拼命去期待和追寻的那份限量版的努力赚钱和财务自由，就是希望有一天我们可以不为"钱"而工作。有些事我们可以不去做，有些话我们可以不必说，有些人我们可以不用理。做决策的时候可以不违背自己的本心，不依赖于任何人的决定，不动作变形，不在爱情中掺杂委屈和讨好，不在友情中混入利益和算计，真正做自己的靠山，有胆气和底气。

谁说钱不重要？

三、你是真的赚不到自己能力之外的钱的。

量力而行，是我这几年来告诉自己最多的一个词。我们是真的做不了自己认知之外的事，也赚不到自己能力之外的钱。回到文章开头的那个问题，我常常在想，为什么现在的大学生会比我们那个时候对未来工作的薪酬有如此光明的期许？我想很大一部分原因是新媒体时代的崛起，让成长和晋升的路径发生了变化，很大程度上缩短了我们肉眼可见的周期，也不可否认身边已经有人在赚钱这条路上实现了弯道超车。但一切真的如此简单吗？真相未必见得是这样。

风始终在吹，从未停过，风口也一直都在，和风起舞的神话不是直到今天才出现。一直以来，任何行业做到头部大概率都会有不错的收益，但能够做到头部的人凤毛麟角。当然我们必须承认不同职业之间收入的底板和天花板会有高低的差别，但人最可怕的一项错觉就是认为"别人都行，我也可以"。有些时候我们不得不承认自己就是办不到。得出这个结论不是要让我们沮丧甚至绝望，而是对自己有更清晰的认知：你是谁，你擅长什么，你应该在哪里播种并真正有所收获。有时候不是你不行，而是你在茫茫草原跑丢了。

四、不要相信一夜暴富的神话。

别着急，真的不要太着急。幸存者偏差一定存在，但那需要天时、地利、人和，缺一不可。换个时间、地点，同一个人重来都未必会有同样的结果。谁说运气不重要，运气有时候真的太重要了。很残酷——生活中还有一个真相就是不要总想着创造奇迹，如果奇迹真的那么容易被创造，就不叫奇迹了。"大风刮来"的故事一定会有，但不可复制。

此外，还有一个深层次的因素经常被我们忽略，那就是很多一夜暴富的故事背后其实是另一个多年扎根的故事，是很多年的默默无闻而后才迎来了厚积薄发的质变。但这样的故事远没有一夜封神的戏剧冲突更吸引眼球，所以很难在一片热闹中被看见。因此我们不仅要学会用自己的眼睛去看、耳朵去听，还要始终不放弃用自己的头脑去思考。

因为无论到什么时候，对表象的总结都不能替代对本质的剖析。

对于金钱这个话题，很多年轻人常会把它误读成一种"硬气"，在工作中稍稍受一点委屈就撂挑子不干了，被互联网上那些"随心所欲"的观点影响，对工作产生排斥，对上下级关系感到抵触，对学习、提升没有兴趣，只想快速赚钱。

李诞曾经说过的一句话让我记了很久，他说大家总是在讨论站着挣钱还是跪着挣钱，但其实都不是，成年人往往是商量着挣钱。

你不需要为了赚钱卑躬屈膝,但也不要觉得只有站着挣钱才符合年轻人的脾气。在明确金钱重要性的同时,根据自己的实际情况调整在工作中"提升自己"和"赚钱"的正确配比,让自己拥有更高的价值,才能坐到更高的位子上,来和更有话语权的人"商量"。

你不可能被所有人喜欢,但也绝不是一座孤岛

第 4 章

找到和你同频共振的那一部分人

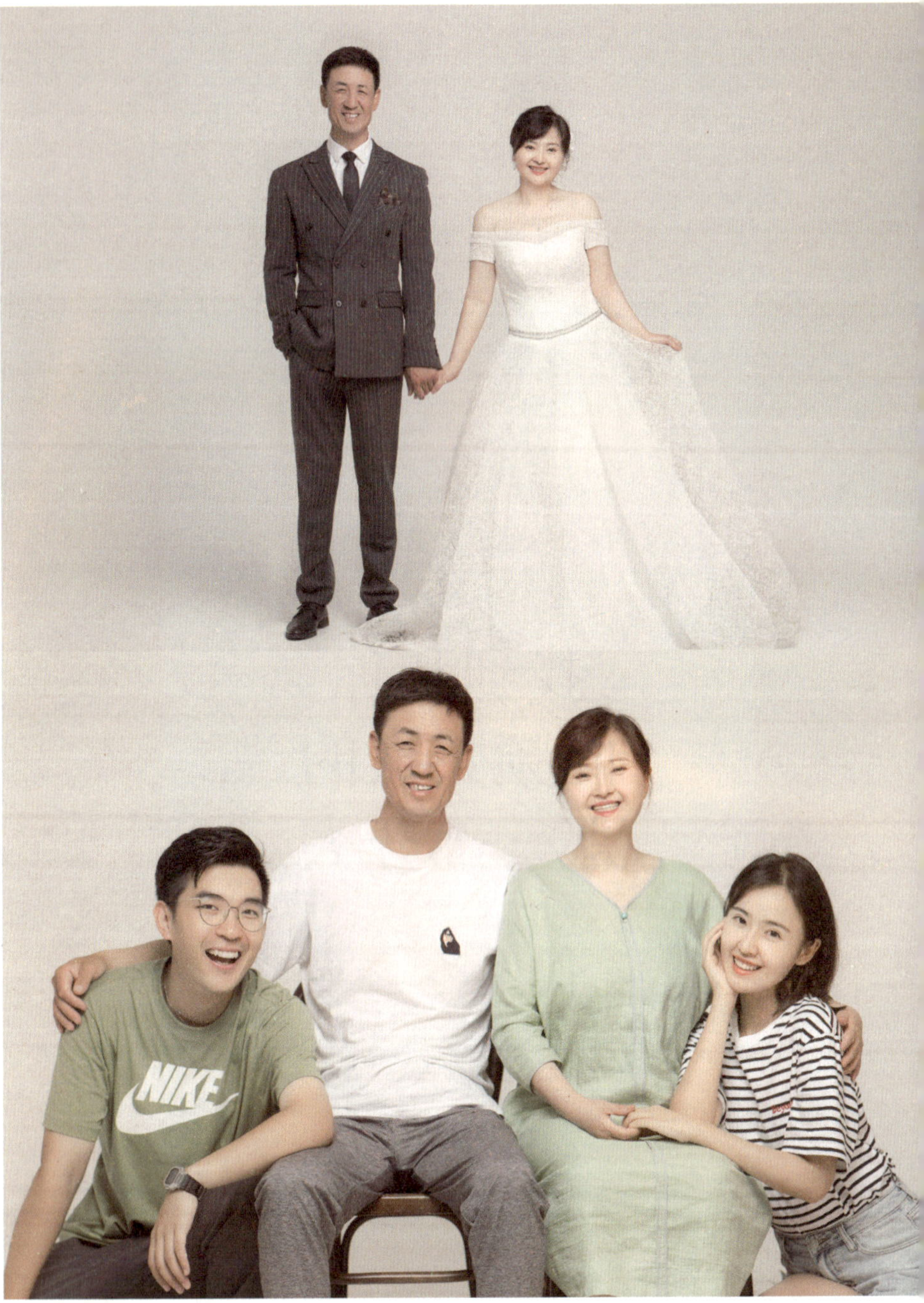
NIKE

以家人之名

我生于东北一个普通家庭,小时候在爷爷奶奶身边长大,因为奶奶做服装生意很成功,所以我小学时过得很富足。

长大后,我回到老家和父母一起生活,父母经济条件不太好,虽然我从来没有在吃穿上受过委屈,但我清楚家里的每一分钱,父母都挣得非常不容易。

上初中时,妈妈失去了工作,没了收入来源,爸爸也因为身体问题时常跑医院,本来条件就一般的家庭,经济状况更堪忧了。

妈妈尝试找新工作但四处碰壁,把自己关在卧室里偷偷哭了好几次。爸爸身体有所好转后,就在家门口卖卖鱼饵渔具,希望能赚一些家用,但生意很差,从早开到晚,时常等不来一个顾客。

那会儿家里没有多少积蓄,还得供三个人的吃穿用度,供我上学,钱很快就花得差不多了。奶奶为了不让我跟着爸妈受委屈,时常会补贴我们,但那会儿奶奶年龄也大了,服装生意不做了,需要留着积蓄养老。而且我爸妈那个岁数了,还伸手拿家里人钱,确实拉不下这个脸。所以妈妈决定赌一把,带上家里仅剩的钱坐火车去广州进货卖服装。从此,她开始了漫长的远距离的两地奔波。

一年暑假,妈妈带我去过一次广州。从齐齐哈尔坐大巴到哈尔滨,又坐了三十四个小时的绿皮火车硬座到了广州,到了宾馆已经快半夜了。

那时我才知道,此前妈妈口中提到的"住得还不错的旅店",原来长这样:旅店招牌上的四个霓虹灯大字,只剩下一个还在挣扎着闪烁微弱的蓝光；旅店没有电梯，逼仄的楼梯狭窄到两个人无法同时通过；房间里的空调不能制冷，只能吹出一股带着刺鼻味道的风；屋里只有一张床、一把椅子、一台和笔记本电脑差不多大的电视；厕所下水道泛出刺鼻的怪味；床边长着密密麻麻的霉点，被褥都是潮湿的。妈妈从前是个多爱干净的人啊，家里总是被她收拾得干净整齐，阳台上都是衣服晒干时洗衣粉留下的味道。可就在这样的地方，为了我和我们这个家，她断断续续地住了四年。

　　她进货的地方，距离宾馆两公里，为了省钱，她每次都选择步行往返。那天，我们拎着四个大黑袋子走回住处，袋子已经被衣服塞得满满当当。我落在后面累得实在走不动了，看着前面一米五几个头儿的妈妈，不知道她哪儿来的那么大的力气。突然，她转过身来，接过我手里的袋子往前走，她一直走，一直走，没有停，因为一旦停下来，可能就走不动了。

　　我在后面看着她浅灰色的短袖被汗水浸透成深灰色，转过头眼泪就怎么也忍不住了，噼里啪啦地就往下掉。那个不高大却很勇敢的小个子背影，从此就印在我的脑海里，永远也出不去了。

从进货的地方回旅店的路上，有一家味千拉面，我早就听朋友们说过这家连锁店，但从来没有吃过。每次路过的时候，我都忍不住多看几眼，我以为自己隐藏得很好，可还是被妈妈发现了。回家的前一天，她带我来到了这家店，我站在门口不敢进去。

我被她拽了进去，坐在窗边的位置上小心翼翼地翻开菜单。我点了一碗酸辣面，她点了一份炒饭，还有两杯免费的冰水。我嘴上说不饿，却把面汤都喝干净了，可她吃了两口就不吃了。她跟我说："确实不好吃，妈不爱吃，你快吃了，别浪费。"

"我也不吃，你才吃了两口，你根本没吃饱。"

"我真不想吃，我早饭吃太饱了，根本就不饿。"

我别过头去看向窗外："你不吃，那我也不吃，就放这儿吧。"

我俩半天谁也没动筷子,那碗炒饭就放在我们中间变凉了。妈妈拗不过我,把炒饭端起来。我听见她缓缓地开口,带着一点对女儿敞开心扉的拘谨和羞涩,说道:"委屈你了,等以后有钱了,妈带你吃好的。"

爸爸妈妈,你们委屈过我什么呢?是我不争气,让你们受委屈了。是的,我不相信妈妈早饭吃得太饱,因为从小到大,他们和我说过太多这样的话。

妈妈说她不喜欢吃肉,只喜欢吃菜,所以肉永远都在我碗里。

爸爸说他在国外打工那几年过得很好,坐在办公室上班,什么都不缺。后来我才知道,他的工作是在搬家公司帮人搬家,每天背着几十公斤重的桌椅板凳、家具电器上楼下楼。

上初中那会儿家里最困难,他们总说:"不用担心,家里有钱,你的学费肯定没问题。"大学毕业了我才知道,那时我的学费,都是家里亲戚帮忙付的。

他们说了那么多谎,是为了让我能心安理得、没有负担

地接受他们给予的一切。

很久很久以前,当我的羽绒服袖口被剐坏,妈妈帮我缝了个补丁却被同学开玩笑说我是丐帮长老的时候,我也曾因虚荣心作祟偷偷埋怨过,为什么我没能生在一个富有的家庭,可以每天穿漂亮的衣服、名牌的鞋。但我很快就不再这样想了,因为我知道,袖口的那个补丁,是我妈用好几个小时绣上去的小雏菊,是这个世界上独一无二的一朵。

我们或许都曾抱怨过,为什么别人能出国旅行,自己却连飞机都没有坐过?为什么别人能穿名牌的衣服,自己却连买一双普普通通的运动鞋都要犹豫几个月?为什么别人可以吃着豪华的大餐,自己却连一家装饰还不错的餐厅都不敢走进去?可是,你知道吗?当我们抱怨老天没有给自己一个良好出身的时候,父母也在自责自己没能力给得起你更好的生活。

我并不认为有情饮水饱,只要有爱,哪怕过得贫穷也幸福。进入社会之后,我更加明白,丰厚的经济收入是让自己

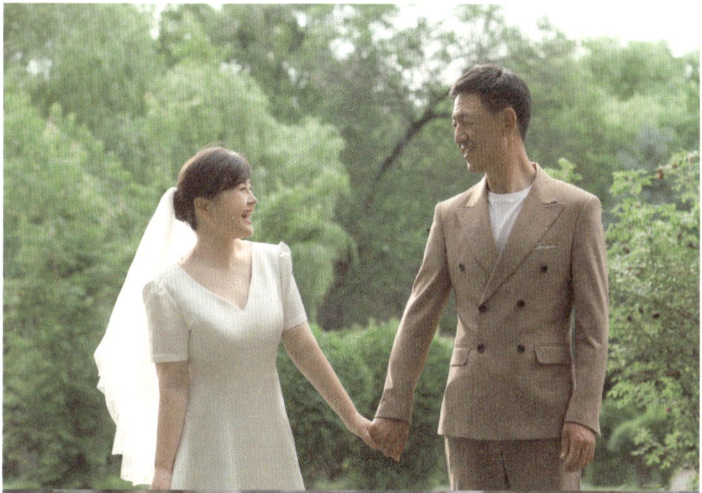
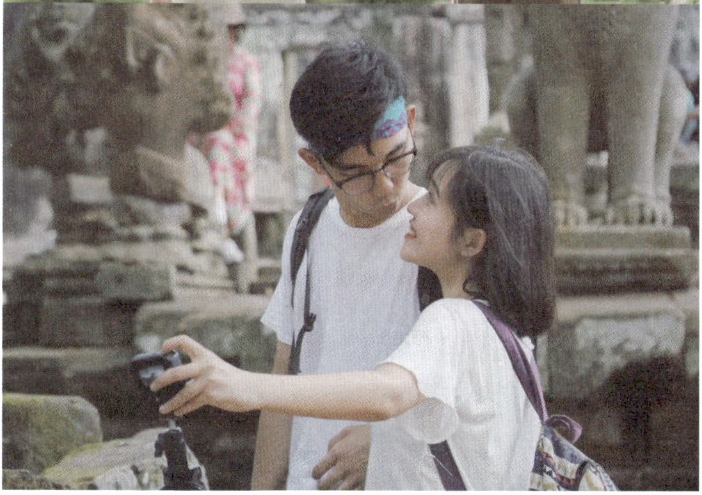

相对自由的前提。做喜欢的事，赚可观的钱，让爱的人过得更好，符合这个世界的生存法则。

但这并不意味着可以心安理得地向父母索取金钱。抱怨出身，是弱者无能的表现；逆风翻盘，才是强者无声的争辩。

当你能花自己赚的钱，带他们去看他们未曾见过的世界，给他们更好的生活时，你会发现，这才是世界上最酷、最有成就感的一件事。

我完成这件最酷的事的时候，是 2019 年 12 月。

那段时间，脑海里一直回想着小学某次放学，爸爸带我去吃肯德基作为奖励。我点了份套餐，他却只要了一个汉堡，嘴里嚼着汉堡时，他说："在日本打工时很不喜欢吃汉堡，因为一个吃不饱，两个又太贵。"当时，我只觉得爸爸的声音有点大，怕旁边的人听见"汉堡贵"而丢脸，却从来没有想过，他在日本过的是什么样的日子。

大阪，是十几年前爸爸打工的地方，他一直说想回去看看，却因舍不得旅行费用一直未能成行。于是 2019 年的 12

月中旬,我推掉了所有的工作,带爸妈游览了爸爸曾经住了两年的地方——大阪四条畷。他租住的房子,在一条通往神社的笔直山路的山腰处,我们来来回回走了好几圈,他才认出来那间门牌号203的小屋子。他戴着老花镜,拿出双肩包里准备好的老照片,回忆着曾经的岁月。

在他的描述中,我想象着他房间的样子和他以前的生活。十平方米左右的小卧室,为了省钱,选择和另一个租客合租。进了屋子有两张床,夏天的房间里,被子潮湿得可以拧出水来。床边有张很小的桌子,他在那里写了一本厚厚的日记。初中时,我曾经偷偷翻看过,日记里面大半的内容都是关于我的,其中有段话我印象很深刻:"听说房琪在学校的朗读比赛中获得了优秀奖。孩子聪明,希望能用到正路上,长大可以做一个正直的人。"

爸爸去日本打工时已经三十几岁了,当时的他不会一句英文,日语学起来也极慢。那时,他一周要打几份工,一份在搬家公司,一份在地铁站旁边的咖啡店帮人刷盘子,还有一份在邮局,负责分拣信件。从出租屋往外走,他指着左手边不远处的石阶和我们说,那会儿每天最高兴的时刻,就是下了班买一罐啤酒,慢悠悠地走回家,坐在这个石阶上,喝着啤酒,借着昏黄的路灯在腿上垫个本子给我写信。

2019年陪爸妈去日本旅行,我也想尽我所能,给他们最好的一切。我们去了北海道泡温泉,住在带私汤的酒店,不必再为了省钱挤在偏远狭小的空间;我们去吃了地道的怀石料理,不用因为菜单上的价格而尴尬离开。虽然妈妈的内心仍会有些忐忑,问我"要不要吃点便宜的",但只要想起爸妈走进酒店房间时那开心兴奋的表情,我就会觉得很满足、很值得。他们脸上新奇又略显不安的表情,也让我心疼地发现,自己强大起来的这一天,应该再早一些。

这个世界上有千万种声音,也有太多种选择,但总有那么两个人始终站在你的身后,是最后的铠甲和支撑。他们从不会说你不够好,永远会原谅你的小脆弱,会告诉你累了就回家,但永远会为你的放手一搏鼓掌加油。他们用自己的全部去爱你,然后告诉你,你可以不用多成功,但一定要正直和善良。你或许不会拥有一切,但在他们的世界里,你永远是最重要的主角。

岁月神偷

2022年5月17日下午六点三十五分,我的奶奶离开了,享年八十二岁。一大早,我从海南赶回齐齐哈尔,天亮后去送她最后一程。

该从哪里开始讲我和奶奶的故事呢?

1998年,我去大连和爷爷奶奶一起生活,住在沙河口区同泰街天兴花园,那一年我五岁。当时爸爸和奶奶在胜利广场租了一家店铺卖服装。店铺在地下一层,叫休闲角。每次放假我都会去店里,搬个小凳子去地下三层看演出,用奶奶给的钱去汤姆熊欢乐世界玩敲鼓。我自由自在、物质和精神双富足的幸福童年，就从那里开始了。

这个老太太有多宠我呢？

小时候的我不长个儿，她担心我以后长不高，会在2000年的时候就舍得买几百元一盒的牛初乳给我喝；我人生的第一盘VCD是蔡依林的 *Don't Stop*，第一盘游戏光碟是《仙剑奇侠传》，都是奶奶买给我的；每个周末她都会带我和鹿鹿姐去海洋公园或者游乐场，麦当劳和肯德基里的汉堡，只要想就总能吃到；送我和姐姐去少年宫，从相声到美术再到表演，只要我们喜欢，她一定全力支持。

后来我们回到齐齐哈尔，和奶奶家住在同一层做邻居。从初中到高中，我每天上学前，都能透过窗户看见奶奶在厨房里做早饭，冲我挥挥手让我快点出门，不要迟到。

大二那年，奶奶和爷爷到南京看我。她在贴身衣服的内侧缝了一个口袋，从里面掏出了五千元的现金，说："孙女长大了，不能缺钱花，要买好吃的，买好看的衣服。"收拾遗物的时候，我在奶奶藏宝室一样的房间里翻到了一个秦淮人家的浴帽，恍惚想起当时入住的酒店，就是"秦淮人家"。图中的两对脚丫是我俩的，那是我第一次带她坐南京那种收费比较高的出租车，奶奶请我的。

再后来，我毕业了，工作越来越忙，回家次数越来越少，生活里多了很多新鲜，也多了很多烦恼。我不再是需要被保护的小朋友，走了很多的路，看到了很大的世界，家人也不再是我生活的重心。我一天天丰满着自己的羽翼，却没有看到家人也正在一天天地衰老。不知道从什么时候开始，他们的全部生活和期待就变成了"等孩子们回来"。还是那个厨房的阳台，奶奶迎来送往，怀着期待和欣喜等孩子们回家，又带着伤感红着眼眶挥着手让我们不要牵挂。

直到马不停蹄赶到家门口看到亮着灯的厨房,我突然明白,那个坚强的、脆弱的身影,再也不可能出现在那里了。

一进家门,我就去了奶奶的房间,还是她生前的样子,属于她的气息好像也还没有散去。我很少看见奶奶的房间这么明亮,因为她舍不得开灯,对,她舍得给我买几百元钱的牛初乳,但不舍得给自己开一盏明亮的灯。她总是开着床头的小灯,然后拿一个手电筒四处照。也是直到这一刻,我才看清她的"藏宝室",里面有我过年时买给她的肉松,有鹿鹿姐送的助听器,有很多个包装袋,很多空的水瓶子,有我的小学学生证,有我小时候玩过的洋娃娃,有她从大连带回来的2000年的《大连晚报》,有子女儿孙送给她的每一份礼物。

有了微信之后,奶奶每天最大的乐趣就是发朋友圈和给我们的朋友圈点赞。每天早上收到被点赞的消息,不用想都知道,一定是她。奶奶去世那天,她的最后一条朋友圈是转发了我的视频;前一天是我给她买的新衣服,她说等天气暖和了再穿。我怎么也想不到,有些"等一等",就是一辈子。

奶奶的手机我已经好好地保存了起来，打开手机，我发现她的最后一张照片是离世当天中午拍下的自己的血压。奶奶的血压常年居高不下，降压药也于事无补，1月份住院的诊断报告上，写满了十七种病症。但她总是对我笑，绝不开口提自己的不舒服，现在想来，那些因为病痛而难以入睡的日夜，她该有多无助。

奶奶很聪明，八十二岁高龄不但能熟练操作微信、抖音，还会自己给自己发微信做记录。打开她和自己的对话，满满的都是今天哪里难受，血压多少，吃了什么药，但这些话她很少和儿女说起。最让我对这个坚强的老太太敬佩的应该是手机中她和自己的这段语音对话，她说：**困得要命，我得坚持；想活着，就得坚强。**

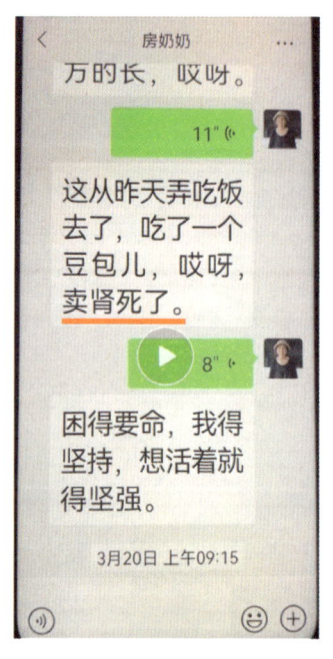

注：语音识别问题，画线处准确表述实为"难受死了"。

奶奶去世后，我请马尔康昌列寺的僧人做了七七四十九天的超度。第三天超度后，寺庙门口下起了雨，雨后出现了一道非常漂亮、横跨两山之间的彩虹。我想，这应该是某种吉祥吧。

坦白讲，这几年奶奶对我并不总是惦记，因为她知道我能照顾好自己，也能照顾好爸妈，只是担心我会太累。

2021年2月5日，我生日后的第二天，爷爷去世了。5

月 29 日，是我的婚礼，奶奶来送我出嫁，那是她最后一次出远门，最后一次隆重打扮拍照片。当时的她精气神很足，说会带着爷爷的那一份爱好好活着。婚礼结束后，奶奶抱着我，嘱咐我在婚姻里要做一个明事理、懂得关心人的妻子。她知道我从小被她宠大，很多事不懂得照顾他人的感受，容易没有分寸。

没有成为奶奶临终时放心不下的牵挂，给了她一点安心，也给了我一点点欣慰。

去年做有关奶奶的视频,她掷地有声地说:"我这一辈子,没有任何遗憾了。"但是奶奶,我有啊!我有好多好多遗憾啊!

比如爷爷走后,我说想带你回大连看看,你说爷爷还没过百天,要再陪陪他,今年过年我又提起了回大连的事,你说等暖和了就去。从家里离开的那天我给你发微信,告诉你等天气暖和了我们就去大连。你说:"好嘞,孙女,奶奶等着。"齐齐哈尔的天气变暖了,但是奶奶再也等不到了。

比如去年春天我说带你去公园,你像个小朋友一样来敲门,说:"我们走吗?不是要带我去公园吗?"那天因为工作太忙,最终还是没能由我带您去。

比如我是那么着急地装修新房,就是想让你可以来住两天。装柜子的时候我就在想,奶奶如果来了,一定有很多地方可以放东西,所以我打了一个好大的柜子啊。可是你不会再来了。

他们说不能哭了,因为你听到哭声就会舍不得走了。可是怎么办呢?我真的还没有做好准备,没有做好你和爷爷都离开的准备。在你们年轻健康时我没有能力,连辆贵的出租车都不能带你们坐,现在我有钱了,可以带你们出去玩了,有能力照顾你们了,却再也没有这个机会了。

奶奶最喜欢花,总会种下满屋子的花,她养的那株昙花开了好多次,每次都很饱满。出殡那天,我在烈士陵园旁边的野地里就地取材,编了一束小花送给她。

小三天在烈士陵园烧纸的时候,发现身后有一棵非常茂密旺盛的山荆子树,姑妈说小时候他们常常捡山荆子的果实来吃。奶奶,守着这一树,到了秋天,就有的吃了。

还想用很多文字来描述我的奶奶，一个勇敢、坚强、清醒、果断、与时俱进的老太太，一个很不一样的老太太。

岁月是神偷，可它从来没有本事把回忆盗走。

2013年我教奶奶发短信，奶奶给我发的第一条短信是：祝您快乐，祝你祗途愉快。

奶奶，您这趟旅途愉快吗？请您一定要去没有病痛、更幸福的地方，好吗？

奶奶，祝您旅途愉快。

那些最感激的人教会的事

我们的人生中一定会有那么一位对我们影响至深的人，可能是家人，可能是师长，也可能只是几面之缘的陌生人。抛开基因传承、血脉相连等先决条件，他们的人生态度、故事和经历，也在潜移默化间构建了我们最初的世界观和方法论。他们是我们的来处，也影响着我们转身前行的方向。

如果你问我成长过程中最感谢的人是谁，答案是我的爷爷。并非因为他曾对我付出了多少爱，而是他用自己潇洒自由的生命态度，影响了我作为后辈的人生。

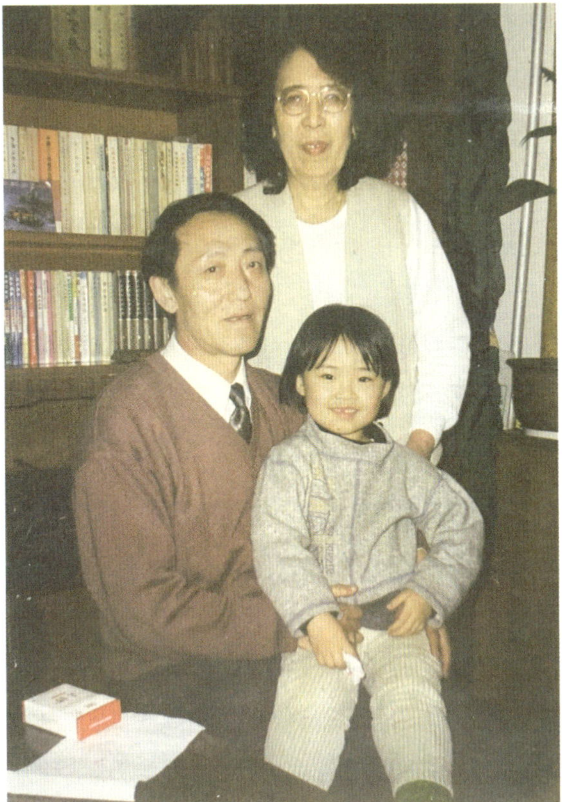

小时候，受爸妈工作的影响，我和爷爷奶奶生活了一段时间。那时候爷爷刚退休不久，但即使退休了，他每天的日程依旧很满，练习书法、下围棋、拉二胡，还会一个人躲在厨房里关着门练习《赛马》。

那几年的夏天，日子总是很长，太阳也永远大大的，我和姐姐坐在厨房一边贪吃，一边听爷爷讲过去的故事、过去的人。讲到兴处，他还会自己小酌两杯，每到微醺，嘴里便开始念叨着李白的诗句："古来圣贤皆寂寞，惟有饮者留其名。"于是这股子潇洒的劲儿很早就在我的心里种下了种子。

爷爷退休前在体制单位中任职，全部职业生涯都是靠自己写文章的能力获得机会，没有倚仗任何的人情世故，他的朋友曾给他写过一幅字来评价他的一生：平生只为琴棋乐，无日不为书画忙。

小时候，爷爷从不会因为我们写不完作业、考试成绩不好而责骂我们。还记得有一次我偷偷躲在房间看青春小说，那本书的名字是《毕业那天我们一起失恋》。爷爷走进房间的时候，我正看得津津有味，发现他在的时候，我吓了一跳，正慌张地想要把书收起来,却见他只是翻了翻书名笑着说:"怎么这么快就已经到了可以看这些书的年纪啦?"他没有把书收走,也没有批评我过于早熟,只是默默地把书放了回去,摸摸我的头说:"看书要注意保护眼睛。"

上中学时,我曾用"之乎者也"的风格写了篇文言文作文,现在回看,用词、句式都稚嫩到让人发笑,但当时爷爷读过之后笑得特别开心,鼓励我说:"真棒啊,比我写得好。"这句话,我一直记到了今天。

在爷爷的认知里,留给孩子的永远不应该是贬低和打压,只要没有偏离正常的人生轨道,就可以拥有无限的自我空间去选择和成长。

2021年2月,爷爷去世了。他离开之后,家人在他退休前的单位找到了他的档案,里面有他参加工作以来在不同阶段写下的心路历程。我花了好多天时间一张张认真看完,才发现,其实爷爷年轻时书法并没有多好,是因为他年复一年的坚持,从二十岁写到六十岁,才写出了一手好字。从前,

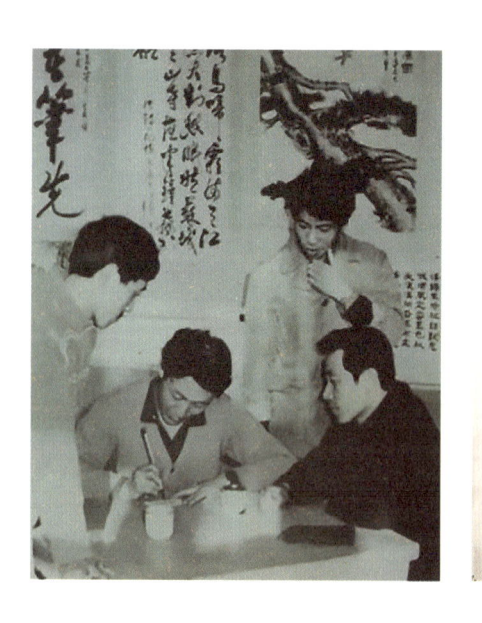

秦時明月漢時關　萬里長征人未還　但使龍城飛將在　不教胡馬渡陰山　唐　王昌齡

自古逢秋悲寂寥　我言秋日勝春朝　晴空一鶴排雲上　便引詩情到碧霄　劉禹錫詩　房友書

他也不会拉二胡，刚开始学习的时候磕磕绊绊，但也正是因为一天天把自己关在厨房练习，才能把《赛马》拉出悠长的神韵。

他是一个从来没有停止过努力和奔跑的人。

爷爷小时候家里很穷，兄弟姐妹很多，每天放学后，他都需要回家放牛、种地，几乎没有属于自己的童年生活。但爷爷的学习成绩很好，初中毕业时以当地第一名的成绩考上了内蒙古的通辽一中。高二那年，爷爷的爸爸将他从学校接回了家，为了弟弟妹妹的生活，爷爷需要终止学业外出打工。回家的路上，爷爷一边走一边哭，只有他知道自己有多么想读大学，也只有他最清楚自己的能力其实可以考上一所不错的大学。他在自述里写道："父亲把我接回家时，那条路显得格外漫长。我内心深处很痛苦，因为考上大学是我一直以来的期待和愿望，如果就这样回家了，我大概这辈子都不会有念大学的机会了。"

很遗憾，现实里的故事没有小说精彩，放弃求学回家种地的爷爷并没有碰上什么奇迹和转机。他确实这一辈子都没能念成大学。

但也不遗憾，虽然生活没有对他心软，却给了他更坚定的意志和不可动摇的信念。即使回家放牛种地，也没有阻止他对读书的热爱，后来，爷爷自考成人大学，凭借出色的写文章能力找到可以养活自己的文职工作。

从我有记忆开始，爷爷家里的书架上永远摆满了书，很多都已经被翻得很破旧。他一直在用另一种方式弥补自己的"未完成事件"——"吾将上下而求索"，大抵就是这个意思吧。

发现爷爷罹患"脑梗"那天，他正在和奶奶一起和面包饺子。突然，他把所有的馅儿都扣在了一大坨面上，然后拼命和起来。奶奶大呼："你怎么回事？"去医院检查，爷爷的脑袋已经出现问题了。从那天开始，爷爷变得越来越沉默，每天坐在家里望向窗外，什么也做不了，什么也说不了。每次回家，他都会冲我笑笑，却再也没有任何交流。

我后来想，那段时间的爷爷一定特别孤独寂寞，他从一个那么潇洒努力的人，变得没有办法思考，也不再带有任何的情绪，一定特别痛苦。每每想到这些，我的内心也会觉得非常遗憾，在他尚且健康的时候，我没能真正地理解他到底是怎么看待这个世界的，没有更多地去了解他的价值观和人生观，没能以一个成年人的心态坐下来和他聊聊天。

爷爷过世后，我在他的遗物中翻到了他年轻时写的诗集，上面除了载有很多生活情感纪事，还有不少诗词，描绘着一段段爷爷的历史。我很后悔和遗憾，在自己拥有独立思考的能力后，没有和他交流探讨过这些有意义的过去。

如果时间能够重来，我很想把现在写下的这些文字念给他听，问问他我写得好不好，有没有需要改正的地方，怎么改正会更好。想告诉他在他的影响下，我也很喜欢李白，我还追随李白的足迹去了很多山川大河，攀爬他吟诗的黄山，登上他赞颂的庐山，把足迹留在他去过的天姥山古道……这些故事我好想说给爷爷听，但我永远没有这样的机会了。

我也很想告诉他："爷爷，谢谢你给了我自由的童年，那是我最快乐的时光。现在，我正在做自己喜欢的事，正在努力成为想成为的人。就像你一样。"

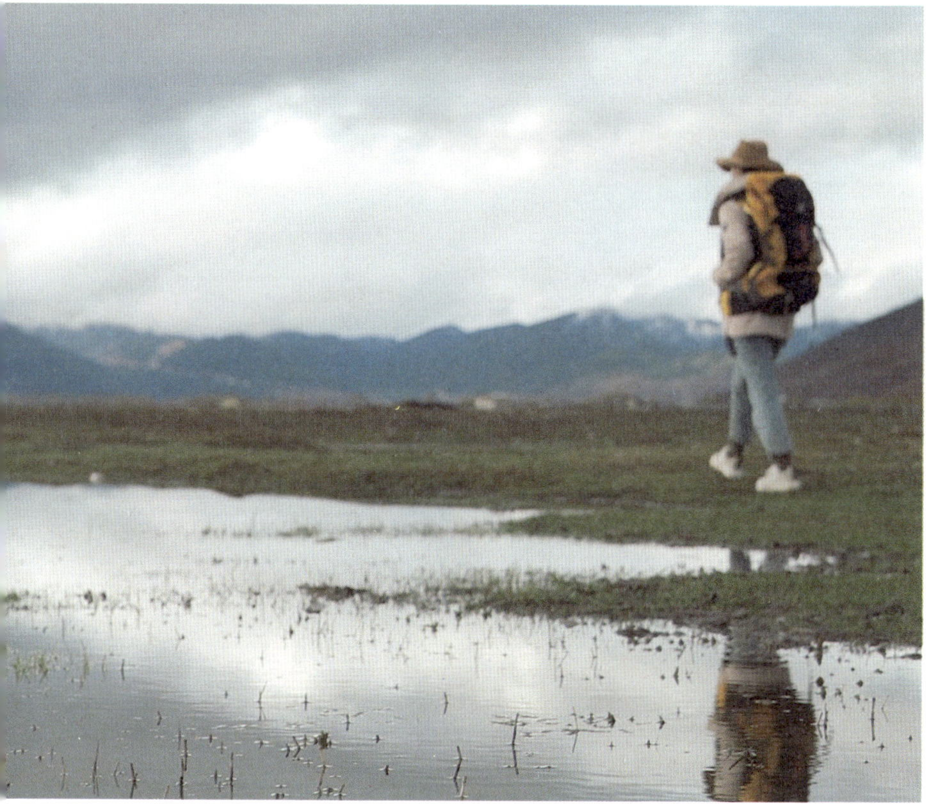

总会遇见
心软的神

看过一场姜思达和春夏的对谈，是关于生活、关于自己、关于美的交流和对话。访谈快到尾声的时候抛出了这样一个问题：你讨厌这个世界的什么？春夏的答案是："我几乎讨厌这个世界的大部分，但一定有小部分的东西留住你。"一瞬间有被触动到。触摸过生活的痕迹，见过生活中经风历雨的一张脸，我们就会明白：人生在世，不如意事十之八九，但即使总难免一地鸡毛的琐碎，也一定会有那么一些瞬间让你感受到善意，愿意去相信"人间值得"。

正所谓"你是什么样的,这个世界就是什么样的"。这是一句听起来不能再"鸡汤"的话。但仔细回想这几年的经历,我发现似乎都在呼应着这个道理。

2021年年中外出拍摄,取景地是一片荒凉的沙漠,四下无人。在我们行车的过程中,司机突然发现不远处有一辆车陷进了沙地无法启动。当时我们的拍摄周期非常紧,在此之前一直是紧张赶路的状态,生怕耽误行程。但我们的司机还是选择把车停在路边赶过去帮忙,他和我说:"荒郊野外,看到还是要帮一把的,不然他们自己没有办法。"

更巧的是,就在拍摄完成原路返回的时候,我们的车也陷在了沙地里,尝试多次始终无法拖出。我们焦急地站在路边,等了很久才等到一辆越野车经过。

招手拦车呼救,从车上下来的是三个体形壮硕的大哥,第一眼看上去有些不太好接近的样子。没想到,听完我们描述的困境,三位大哥非常热心地回到车里取出脱钩,开动自己的车子把我们拖了出来。情急之下手边没有任何物品可以表达感谢,原本还想着加个微信发个红包或者寄些礼物聊表心意，大哥们却潇洒地摆了摆手："不用客气。"

那一瞬间有一种非常强烈的感觉：这个世界会有心软的神，善意真的会在无形中流淌传递。或许我们在给予别人帮助的时候从未渴望过回报，但这份温暖和善意同样会在一个特定的时间点回到你的身上。

还有一件事发生在大学刚毕业的时候。所有的行李物品都已经提前打包快递到了彼时租住的房子里，我拉着一只笨重的行李箱装着最后的一些家当去赶地铁。不断换乘，不断上下楼梯，我拖曳着箱子不断在人流中穿行，每一步都很吃力。虽然内心会有小小的渴望，但从未真正期待一定会有人施以援手。刚刚离开校园进入社会，一股子"成年人的世界，一切要靠自己"的气息扑面而来。突然，有一个很漂亮的女生走到我身边，低下身子一把帮我把箱子提了起来，朝前走。直到前面就是站台，她才松开手，并和我说了唯一的一句话："想到我以前了。"

这么多年过去了，那个女孩的样子早已经模糊了，或许当时也并没有看得很清楚，但我始终记得她是中长的卷发，穿着白色的套装和高跟鞋，以及她说的那句话。

我们总是会在某一个瞬间，感受到来自生活、来自身边陌生人滚烫的温暖。他们没有多特殊的动机和目的，却会种下一颗小小的种子，让我们在最艰难的时刻不会想到放弃，不会想到放手，愿意再倾注自己全部的心力，选择再次相信这个世界，哪怕只有一次。

他们会让我们见识到这个世界的好，让我们在遇到恶的时候心底不再只有沮丧、失望和沉默，而是在心底告诉自己哪些是不能做的事、哪些是不能走的路。

总有一天，我们也会变成像他们一样的大人。

把自己变成方法

第 **5** 章

你就是
自己的答案

往前走,一定需要准备得万无一失吗?
不是的,千万别这样想问题。因为这个世界上根本就没有万全的准备。

永远不要
停留在原地

很长一段时间里,电视台的日子是光鲜亮丽、稳定和体面的,也是一个温暖的舒适圈。大多数时候,做好导演安排的工作即可,每天白天工作,晚上有大把时间属于自己。这样的日子持续了一段时间后,我开始思考,自己还有那么多未尽的火花和光亮,是否可以去到更远的地方?

说到底,每个人对于工作饱和度的要求是不一样的,对自己精力的分配程度也是不一样的。

当时,我只觉得自己精力充沛,能量还没有得到完全的发掘,还想去征服更大的江湖,经历更多的挑战。于是,2018年,我选择离开电视台,带着自己仅有的一点积蓄,去做旅行自媒体。

很多人问过我离开的原因,我的答案是:"我想要的,是和大多数人不一样的人生。"在某种程度上这也意味着,我要去经历更多不一样的关卡,而通过关卡从来不依靠以逸待劳,它需要乘风破浪和披荆斩棘。

刚开始做旅行博主时,为了快速上手这个行业,我一个月用逐帧拉片的方式看完了三百一十四条旅行视频,给十二家景区打电话介绍推销自己,得到的回答毫无例外都是拒绝。在旅行的路上,并非只有如梦的远方和如诗的浪漫。西藏很高,丽江风劲,喀什路远,最穷的时候为了省钱,好几个月里,我们的交通工具都是绿皮火车——硬座。在无数个颠簸的铁轨上失眠,在沙尘暴弥漫的沙漠里迷路,在高海拔的高原山顶上缺氧。顶过风雪,爬过泥地,通宵剪辑,全年无休。很多个疲惫的夜晚,当那个"要不要放弃"的声音再

SHERATON SHENZHOU

次陡然跑出时，我总会听见自己内心在说："如果用一生追梦是任性，那我愿意做一个任性的姑娘。"

你问我，这样选择怕过吗？怕。

我也曾惶恐自己是否会输得一败涂地，但人生不就该是由一场场充满未知的华丽冒险组成的吗？江湖地位，不就是经历过失败后，靠一场场漂亮的翻身战赢得的吗？

你问我，做一个永远奔跑的人会累吗？累。

但这个世界上，有人想当安稳体面的普通人，就有人把征服一座座陌生山峰当己任。想要享受自由切换角色恣意掌控人生，就要承受多重身份带来的挑战和压力。**世界很公平，想拥有更多选择的权利，那就交出一个比别人更自律的青春，来换谁也偷不走的阅历。**

十六岁，我说要走遍世界，有人笑我狂妄。可就在毕业后的两千一百九十天里，我走过了中国两百三十多个城市。十年后，我用实际行动给了那些曾经笑话过我的人回答。

二十六岁，我说要用余生做一个追风的姑娘。社会固有成见对此议论道"都二十六岁了，还没房、没车、没存款"，可那又怎么样？想要攻城略地拓宽自己人生的疆土，本就是需要代价的。

站在玉龙雪山的顶峰时，寒冷让人清醒，氧气让人贪婪，胸腔却剧烈地跳动着。我想，不管是海拔四千六百八十米的高山，还是路程三千六百八十公里的沙漠，总是需要孤独的旅人去抵达那里，虔诚地仰望着云开。当雪山露出来的那一刻，当被整个星空照耀的那一刻，我想告诉全世界——人生苦短，要勇敢，要值得；江湖路远，我的剑虽不锋利，但愿意随时与君一会。

我认识一个名叫栗栗的女孩，她是加州大学洛杉矶分校表演系录取的第一个中国姑娘。几年前，她辞去国内稳定的工作，在社会默认为应该成家做妈妈的年纪，独自一人提着笨重的行李箱跑去了好莱坞。

化妆、梳头、做造型，再洗掉，就是她每天的生活。和她的头发一样经得起折腾的，还有她从未放弃的演员梦。

她曾对我说："这个世界对女生有很多标准，要乖，要安稳，要早点嫁人，可到底有没有人在乎我想过什么样的生活？"我知道，对于我和栗栗这样的女孩来说，我们想要的生活，不是每天化多美的妆容、穿多漂亮的衣服，而是始终向前奔跑，只要不停留在原地就好。

我一直觉得，自己二十九年来的人生几乎是没有喘息的，直到最近一段时间才开始刻意增加生活的比例。在这个过程中，我也会不断反思和总结，其实每个人都有属于自己的价值排序，无关对错。比如工作带给我的价值感、快乐感和兴奋感是别的物品无法替代的，这种收获和满足是赢得一盘游戏、住到一间豪华酒店，或者买下一个昂贵包包都无法实现的。在工作中，我会有一种沉浸感，着迷于自己能通过不停的努力奋斗去获得相应成绩这件事本身。

而这些，和不断尝试打破舒适圈也有很大的关系。

为什么不想停留在原地？走出舒适圈的原因和理由是什么？是觉得自己太平稳了，还是觉得当下的舒适圈其实并不舒适？如果有一天，这个舒适的环境突然消失了，有没有抵抗风险的能力？如果已经具备，那这些能力究竟可以抵抗多久？

跨行去电视台面试，需要具备主持的能力；做自媒体，需要有输出内容的能力；做视频博主，还要有拍摄和剪辑的能力。每前行一步，我都会问自己，这些能力我是否已经具备？我和自己的目标之间究竟还有多大的差距，这些差距又是由什么造成的？是技术、人脉、平台或是其他？

往前走，一定需要准备得万无一失吗？

不是的，千万别这样想问题。因为这个世界上根本就没有万全的准备。

无论是谁，都没有办法等到时机完全成熟的那一刻。因为在运行的过程中，一切瞬息万变，完全成熟的时机永远存在于最后的复盘和总结。选择做旅行自媒体的时候，或许在别人的眼中我已经做好了所有的准备，其实不过是整合了彼时的能力和手里所有资源，觉得是时候放手一试了；不过是在我准备好的同时，短视频的风口给了我舞台和被看见的机会。

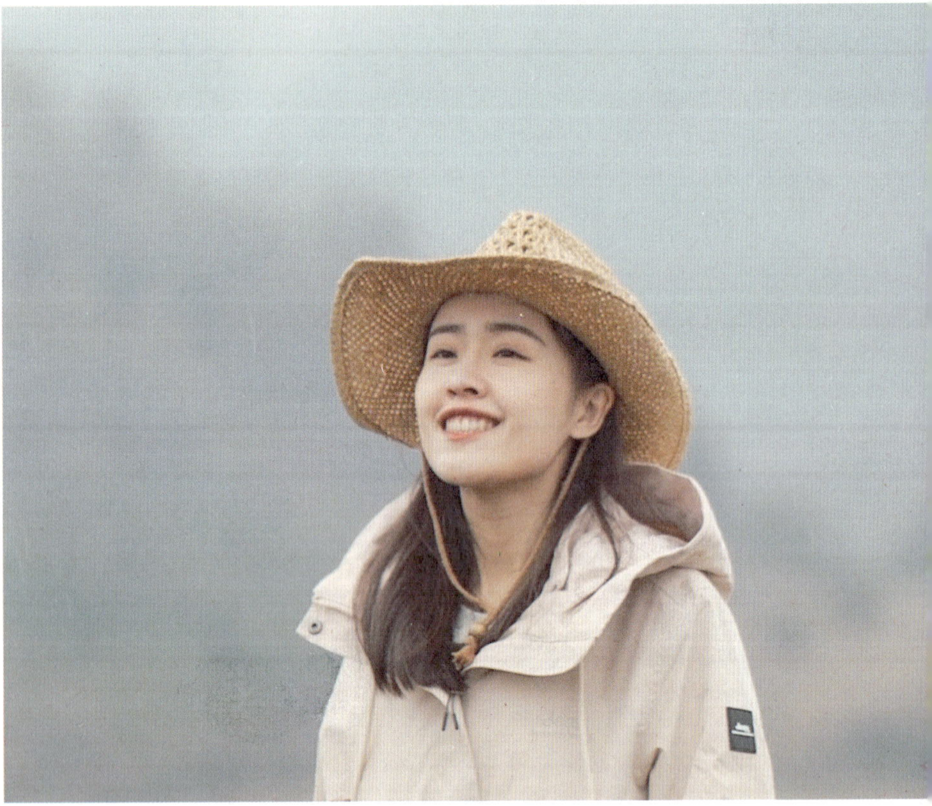

走到今天，依然会面临来自外界和自己内心深处的叩问：如果有一天，短视频的平台不复存在，自己该去哪里？该做什么？伴随着这样的疑问而来的除了焦虑，还有上面一直在提的舒适圈困惑。假如现在你问我，是选择走出舒适圈还是就待在自己安全的领域？我会告诉你我的答案是扩大自己舒适圈的边界。

舒适圈不是错误本身，也不是避之不及的"不上进"的代名词。它是我们通过不断的试错，发现自己擅长的可以发挥和放大优势的领域。既不能故步自封，也不该随意丢弃。就像那句经典的话说的一样，人不可能赚到自己认知以外的钱，但我们可以选择扩大自己认知的边界。

回到带来焦虑的问题本身，只要我们始终牢记：无论短视频发展得如何，它的本质还是以内容为核心。作为一名创作者，浪潮周而复始，平台更迭变换，就像曾经短视频诞生之前，我们依旧会有纸媒、广播、电视。只要你一直具备输出优质内容的能力，不和这个时代的大势对抗，你的内容就会永远包含生命和价值。不能做掀起时代浪潮的那个人，那就做跟紧时代浪潮的那一朵浪。

让自己的内容在保留本核的前提下不断去调整和适应时代的巨变,永远不放弃学习、思考和奔跑,就是一个内容创作者的本分和天职。"内容为王"在任何时代都没有变过,变化的只是承载内容的载体。

当我们对一件事情的本质有了清晰的认知和了解时,就会发现解决问题的思路和方向,也不会有看不清弄不懂的焦虑和迷茫。人生没有捷径可走,每往前一步都至关重要。我们不能仅凭一时的结果来判断一件事情的好坏,所谓的正确答案也不是靠侥幸的一蹴而就来获得。侥幸成功的人生,地基是不牢固的。

逃避不是方法,时间也不是解药,向前奔跑的姿势更接近答案。

你要去
看看这世界

在键盘上敲下这段文字的时候,我正在云南腾冲和顺古镇的一间小小的民宿里。晚霞快要落尽的间隙,我赤着脚踩着瓦片,坐到了民宿的房顶上。

整个古镇就在我眼前,太阳仿佛被云偷走了,房屋的灯一盏一盏亮起来。耳机里林宥嘉的声音淡淡地闯进来:

闭上眼看　最后那颗夕阳
美得像一个遗憾

辉煌哀伤　青春兵荒马乱
我们潦草地离散

灯光旁的那条河边小路，我已经连着来回走了好几天。每天晚上八点左右，总会有一群穿着校服的古城中学生从这儿经过，从他们断断续续的谈话里，我能听到一些零碎却又可以拼凑出一幅蓝图的关键词："志愿""一本""那道大题""考完试你最想去哪里""要去哪座城市读大学"……

有几次我和小陈背着拍摄器材跟他们擦肩而过的时候，也收到了一些来自这些年轻人打量的目光。时光倏忽而过，我发现那些目光是那么熟悉，除了疑惑还带着些许未知："她是谁？她在做什么工作？当我像她这么大的时候，我会过着怎样的生活？"

这会让我想起走进大学校园的第一堂课，老师也问过彼时只有十八岁的我们："四年后，你想成为一个什么样的人？"当时，我不假思索地回答："成功的人。""什么是成功？""成功是能出名，被崇拜，是敢于去选择自己想要

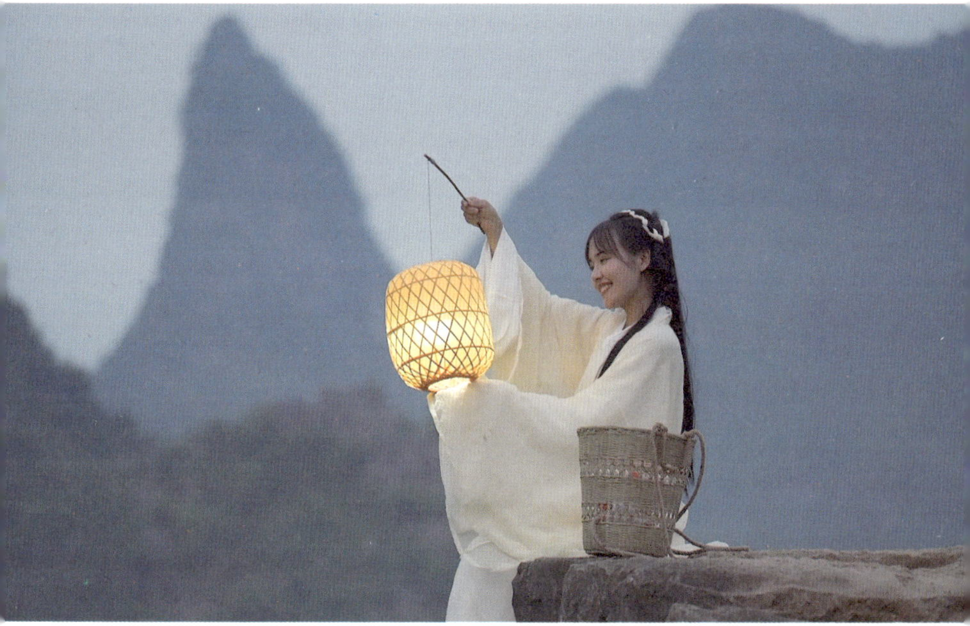

的生活。"如今看来,这个答案是稚嫩的,是充满野心的,但也是不乏真诚的。

十年后的今天,当我再一次把这个问题抛向此时此刻的自己,聆听着年轻的讨论声,看看已经走了这么远的自己,我想更新我的答案——成功,是敢于去看看整个世界。其实这个答案,也是在一次次实践的验证和时间的沉淀中得出的。

大学毕业那年,我登上了北京卫视《我是演说家》的舞台,和大家分享属于自己的毕业感受。当时我说,对于毕业,有人会表达自己的伤心:"毕业季最让我伤感的,是我将大学四年所有的课本论斤卖给收废纸的大叔时,它们还是崭新的。"有人遗憾大学四年从未谈过一场恋爱:"其实每个学期,我都会抱着期待的心情去各个社团搞联谊,但结果……暗恋我的人总是特别能沉住气。"

但更多的,其实是对未来的迷茫。大学毕业照上,那一张张年轻的面孔都面临着同一个问题:"未来的路应该怎走?"是回家乡过稳定的生活,还是前往大城市选择漂泊?是为了恋人抵达他的城市,还是天各一方各自珍重?是追求梦想去做自己喜欢的事,还是顺从父母的意愿与安排?

我一直觉得,我们这代人是被快速发展的环境裹挟着长大的。与我们的父辈、祖辈不同,他们的成长环境决定了他们对规则和稳定抱有敬重和崇拜,但我们更在乎自己价值的实现,不想过重复的生活。

所以毕业后,我义无反顾地选择留在大城市,做一个一无所有的奋斗者。那时我的梦想里没有房子、车子。我告诉自己:"人生只有一次,我要去做自己最想做的事!"

这两天,听着古城里十八岁的年轻人讨论着自己的未来,我再次想起了这句话:"人生只有一次,要去做自己最想做的事,要尽可能地多去看看这个世界。"

在与世界相遇的过程中,你一定能收获很多美景,当然也包括你自己。

2018年11月,在看了六遍《春光乍泄》之后,我决定

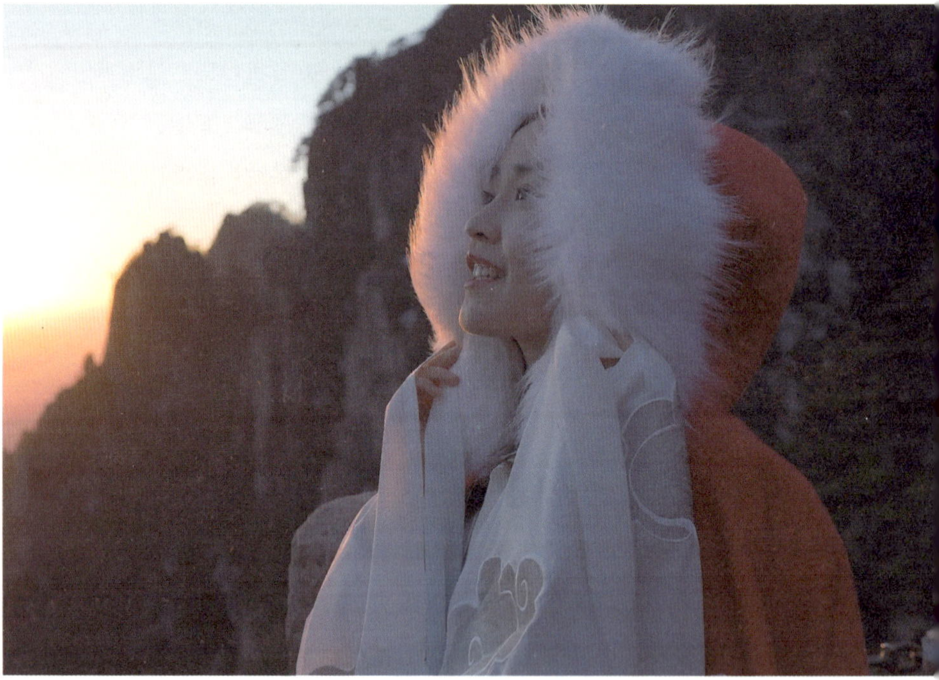

出发去找一座水晶灯塔。电影中，张宛最后抵达了阿根廷世界尽头的那座灯塔，只是我还没有攒够去阿根廷的机票钱，便选择到一个叫花鸟岛的地方，寻找属于我的灯塔。位于浙江省舟山市嵊泗列岛最北面的花鸟岛，有蓝白相间的房子，有大摇大摆走进餐厅的鸽子，灯塔位于岛的最北边，上面有一面巨大的水晶凸透镜，在阳光下泛着七彩的光。太阳落山，灯塔准时点亮。守塔人告诉我："灯塔信号就好像一串莫尔斯密码，它闪烁着可以照射二十四海里[1]的绿光，守卫在黑夜的海上。"

2019年5月，我约上志同道合的朋友在江西集合，决定夜爬武功山，一起迎接第二天的日出。骤雨初歇，步道进山，一路掠过万家灯火，经历寒冷迷雾，抵挡一阵又一阵的疲倦，直到黑暗里再次出现光，直到山谷的夜被月色点亮。那天清晨五点二十五分，登上山顶的我，终于看清武功山在新的一天里新的模样，拂晓的光刺透翻涌的云海，氤氲的日出里，所有的跋山涉水都值得。

---

[1]海里：计量海洋上距离的长度单位，1海里≈1.9公里。

我一直很喜欢周杰伦的《可爱女人》，旅行路上，我也在想有没有一个地方，可以用这首歌名来形容。直到我找到了新疆禾木村——神的自留地。在那里，我看到了2019年的第一场雪，大雪落满了白桦林的枝丫，流云缥缈里，世界是可以一夜白头的童话。山间一幢幢低矮的小木屋，冒出了炊烟，那是图瓦人的村落，他们是成吉思汗的后裔，是草原上的牧马人，也是大雪纷飞时驾车穿梭在森林里的精灵。姑娘们跳着舞欢庆，为我们端来自己家煮的热奶茶。那里的雪，是闪着光的。因为追着雪，所以遇见山；因为看见光，就勇敢地做了梦。

在我的梦里，还有6月的苏梅岛，我坐着游艇去海边追晚霞；7月的仙居，我在山上捡拾饱满鲜甜的杨梅；9月的青城山，空山新雨后，静坐听蝉鸣。

当然，路途中总会遇到很多的坎坷和阻碍，也许悲观者会在此时发言："万般皆是命。"但我想说的是："我命由我不由天。"

我相信,你是怎样的,这个世界就是怎样的。别人的人生经验、路途上的洪水猛兽,都不应该成为你的阻碍,不应该定义你的人生。

你的人生,由你的天地决定,而天地壮阔,值得用奔跑的姿势相迎。

没有人
可以替别人的人生做决定

"我很迷茫，究竟应该怎么选才是对的？"这几乎成了近几年来身边认识的所有名人朋友被问到的来自年轻人的频次最高的一个问题。是的，我也收到过很多类似的私信："我失恋了，没有他我不知道自己该怎么办。""我在上海待了五年，你觉得我是该继续留下来，还是选择回老家工作？""毕业在即，我到底应该选择大城市的一张床，还是小城市的一套房？"其实，面对如此需要宏大决策且个性化为主导的困惑，很多时候大家并不知道该如何给出一个合适的答案。

如果这些问题真的可以找到一个准确答案，就不会在这么多年里牵绊着这么多人为它苦恼，早就已经解决了。

这些问题就像我们每个人的人生一样，千差万别，从来就不是流水线的统一规格，又怎么能祈求有一套标准化的答案？那些其他人看似有参考价值的元素，都会在自己的实际经历中被各种各样的因素影响，最终走向完全不同的结局。

没有人可以替别人的人生做决定。

以前，我总觉得，假如有人因为我表达的一些观点或尝试的一些事情而获得温暖和能量，从而找到自己的方向，于我而言同样有满满的幸福感。但近几年，我好像开始变得越来越胆小，开始反思和害怕，怕自己会给别人带来影响，不知道对于他的人生来说，这份影响究竟是对的还是错的，就像不再敢轻易地给别人建议和意见一样。毕竟我的选择都来源于我的成长经验和思考方式，是一件很私人化的事，且随着自身的成长，也会不断地进行自我更新甚至自我推翻。

六年前,站在《我是演说家》舞台上演讲的我,多少会给人一种少年热血、年少轻狂的感觉。那时,我说自己:"就是不要去过那种朝九晚五的生活,不想做一个体面的普通人,于是,我选择了另外一条路。"说出这些话的时候,我是真诚且笃定的。当时的我认为自己选择的路是明确的、勇敢的,而大多数人选择留在家乡的舒适圈,走一条安逸舒服的路,是不勇敢甚至迷茫的。可我之前的这份认知一定是对的吗?一定是适用于所有人的吗?今天回望,并不尽然。

无论选择哪一条路,都是在为自己的人生画一张越来越清晰的画。选择没有高低之分,只有立场的不同。留在小城市并不意味着只是逃避和不勇敢,而是在某种程度上对自己有更清晰的认知,更懂得舍弃,也更知道自己要的是什么。**我们不能拿统一的标尺来衡量每一个人心中对事物的排序和对这个世界的定义。**

还记得那个被全世界喜爱的《哈利·波特》吗?四个学院里,狮院培养勇士,蛇院强调野心,鹰院偏爱智慧,还有一个獾院不出众、不起眼儿到永远被忽略。原来,即使是在

魔法世界，在聪明、勇敢、野心的面前，仅仅选择做一个善良的好人也会显得过于天真，但直到长大，我们才会懂得什么叫作选择的自由，体会到善良和温柔的强大。人生真的有很多种追求，没有对错，也不分高下。就像有人把人生当赛场，就一定也会有人把它当成游乐场。

如果我是前者，那我爸就是典型的后者。他的人生几乎从未被焦虑和紧迫包裹过，于他而言，快乐是人生的注脚和定义。我并不是说他没有生活压力和养育子女的责任，而是他在生存之外，还给自己留了更多关于生活的空间，那些看起来没有现实功用的爱好在他眼里也从不是浪费时间。

是的，"浪费"这个词其实很可怕。因为一旦出现，就意味着我们已经明确了自己的立场。那些不按我们的标准走的人，就要被冠以不求上进、挥霍生命的认知吗？我反而觉得，当我们把另一种生活状态投射到自己身上的时候，反而会放大自己的矛盾与焦虑。

换一个思路去想，虽然我可能注定过不了我爸这样的生活，但他的状态确实很招人喜欢，也让我和家人的生活有了更大的空间和选择权。

"我很迷茫，究竟应该怎么选才是对的？"如果此时此刻的我，一定要替五年前、十年前的自己来回答这个问题，很抱歉，我真的没有标准答案，但可以提供一个解题思路：

1. 多花一些时间和精力去进行自我分析和自我思考。

2. 在真正走入社会之前，多去试错，在不知道自己要什么之前，可以先知道自己不要什么。

3. 不轻易评判别人的喜好和选择。

4. 永远不要替别人的人生做决定。

无论选择哪一条路,都是在为自己的人生画一张越来越清晰的画。
选择没有高低之分,只有立场的不同。

去过动态平衡的人生

"如何才能把人生掌握在自己手里?"相信每个人,内心都曾萦绕过这个问题。

没有人愿意自己的人生是失控的,但我一直相信,比起那么用力甚至是极致地想要去掌控些什么,更重要的是学着接纳人生里的每次潮水起伏,过动态平衡的自洽人生。

动态平衡,意味着能与张力共存。

举个例子,越来越多的年轻人选择做旅行博主,入行的动机和初心是打卡山川湖海的美景,可等到它真正成为自己的职业时，才发现怎么会这么苦、这么累，完全没有时间去享受。"那些视频博主呈现出的美好和浪漫，根本就是骗人的，这，不是我要的。"

会有这样的想法一点都不奇怪。说到底，其实从一开始，你就没能真正了解旅行博主的日常和需要承担的工作内容到底是什么。工作不是兴趣爱好，无论你选择从事什么职业，在进入行业之前，都需要花足够的时间和精力去做能力范围内最全面的资料整理。决定从电视台辞职之前，我大概做了以下准备工作：上网搜索旅行博主日常的工作状态，横向比较不同粉丝体量的博主会用什么样的节奏、方式、风格去产出自己的内容。他们是全职还是兼职？拍摄和剪辑的周期和技术要求有多高？收入情况如何？

这是一个信息共享和开放的时代，只要用心，每一行背后赚钱的逻辑、成功的诀窍都是能够找到脉络和线索的。在很多的细枝末节中，大家可以自行去摸索出一个框架——如果是我去从事这个行业，需要面对一些怎样的挑战，又能够达到怎样的一个层次？我该从哪里入手和起步去梳理这个行业的运行规则和底层逻辑？是否可以选择从一些基础性的辅助工作入手？需要多久才可以对接到工作的核心内容，触达更多业界前辈和同行？究竟该如何做才能对自己今后的发展有所助益，而不是一味地做着重复的事情，获得重复的结果？

做旅行博主以来，我也常常会问自己："我到底是一个什么样的旅行博主？在这个行业里面，评价'好'的标准和体系是什么？"

我并不讳言，做自媒体，除了个人喜好，商业变现也是一个很重要的衡量部分。因为一个博主想要持续发展下去，维持自己的生活，不断产出优质的内容，必须要有经济来源的支持。只有先把饭吃饱了，才能够去想如何带来更多的创作，才能够形成一个良性循环的环境——做好内容，用优质内容获得更多喜欢，获得客户的青睐，创造更好的商业价值，然后在这个过程中，成为更好的自己，创造更大的价值。

这套逻辑可作为每一个成年人的社会生存法则。有时

候,直路和弯道并没有那么泾渭分明。

让外界的动态和自己内心的平衡和平相处,是件很重要的事。

现在,每当有人感慨"房琪的旅行很美好"时,我总会告诉自己,这背后必然是有很多辛苦和不美好相伴相生的,我必须不断去接受这些不那么光鲜亮丽的存在,才不至于陷入长久的困惑和不安。

也有人说:"房琪,你发出来的视频永远都是美景,后面那些琐碎、辛苦的事情,为什么从来不让我们看到?"

这是因为我始终相信每个创作者都要有自己的角色定位,需要想清楚自始至终要创造的是什么,要传达给大众的是什么。我希望是好的状态,让大家对这个世界产生向往,还是旅行背后的过程、辛苦和注意事项?没有对错和高下之别,只是不同的赛道和定位选择。就像我们看世界的眼光,从来也都是动态平衡的。同一处风景,晴天暖阳和阴云密布,我们的心境和感受会截然相反。这中间的波动徘徊,是太多因素的共同作用——心情、季节、月份、天气、时机等。

既然选择了传递美,那为了等待美的出现多付出的那些时间和耐心,就都是值得的。很多美景只留存于瞬间,需要有人去把它们记录下来,让它们被更多人看到,被永久保存。我想,我就是去做这件事情的人,这是我工作的使命。

除此之外,则是用动态平衡去接纳每一次工作的结果。

对于我而言,在社交平台上发布的每一件作品,都需要去接受来自观众的批评和夸赞,这是我工作中必然要经历的一部分,也是所有工作都会遇到的问题。

比如,今天你作为一个文案策划人员,就要做好作品可能被领导否定的准备;今天你的角色是一个视频博主,就要做好内容不被人喜欢的准备。不被喜欢并不等于要去接纳那些无谓的人身攻击,或是人格尊严上的漫骂与否定,而是认真去聆听那些实事求是的告诫和指正。今天他们之所以指出你的不够好,也是为了让明天的你变得更好。

在很多被误解、被污蔑、被讨厌的时候,我都会打起精

神来反复告诫自己：作为一个成年人，我需要拥有承受夸赞和批评的能力，认清工作的本质是什么。从某种程度上讲，工作就是在用金钱购买你的情绪、劳动力以及时间。成年人的世界，不会围着一个人转，你开心也好，难过也罢，很有可能最终什么都无法改变。

这也就决定了很多时候我们必须摆正自己的心态，用更加乐观和开朗的心情去迎接来自世界的每股风浪。尤其对于刚走出校园的同学们来说，拥有这份心态，能够让你活得更舒服，也更理智。

毕业至今，我最大的收获就是发现这个世界并不是非黑即白的，这也是为什么我们要追求动态中的平衡。

很多人会说，你不要做端水大师，但人生很多时候就是端水的过程啊！如果只追求极端，把水全洒了，把碗摔了，真的就是我们想要的结果吗？有时候我们可能会感性脆弱，有时候又心怀壮志豪情，这没有错，但也需要用更聪明的方式，去学会如何保护和实现自己的壮志豪情。

我的方法是，先有一些底气，有一些经济基础，才能够让你的豪情发挥得不那么野蛮。它能够一飞冲天,也能够温柔落地。人生前半场,辛苦地低头付出,后半场昂首挺胸。

我希望创造出好的内容,但是我的视频有时候也需要商务植入。我需要做的就是尽最大的真诚与客户进行沟通,表达自己的设计理念和创作方向。如果没有一些自己的底气和基础,很有可能就没有办法在沟通中坚持自己的初衷,不得不低头。当生活中充满了太多的被迫和妥协时,人是很难感受到幸福的。

所以,我真诚地希望大家都能够去打造自己小小的铠甲,那是保护你自我和梦想的能力,当你真的觉得自己不可以、不开心的时候,也有资格和底气向对方说一句:"对不起,我不愿意。"

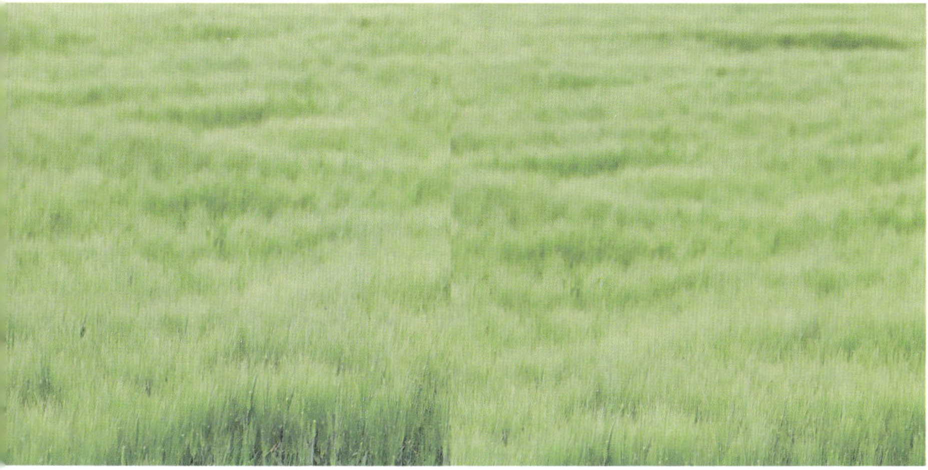

别怕，
会有光

大学毕业后，因为"象牙塔"和"角斗场"之间存在的天然鸿沟，我也曾被选择奋斗奔跑带来的"失控感"所裹挟。

那是一段在失控边缘徘徊的日子。

那时候，手机不敢开响铃，看着大段的工作语音会莫名暴躁，好像自己被微信绑架了一般。当强烈的疲惫感袭来时，人会突然丧失情绪管理的能力，会和最亲近的人发脾气，冷静下来又开

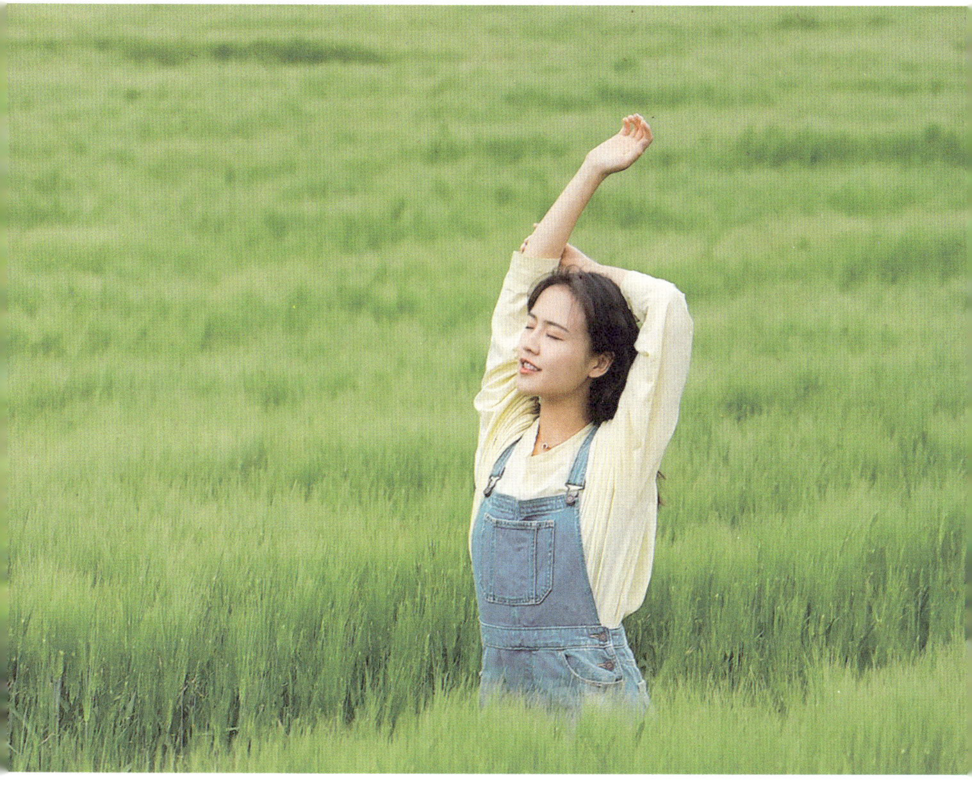

始懊恼、后悔自己的言语和行为,整个人仿佛走进了一个死胡同,怎么绕都绕不出来。

但如今回看过往,我会很感激曾有过那样一段稍显幽黑灰暗的时光。选择咬牙挨过那一段痛苦且着力奋斗的日子,是值得为自己骄傲的。因为只有从那些最坏的情绪炮火中走出来,人才能变得更加坚硬、坚强。因为只有自己知道,一旦选择停下来,再起跑只会变得更加艰难;自己想要的人生,需要奋斗才能抵达。

不知道辞职考研的你,已经挑灯夜战了多少个日夜?不知道工作两年的你,是否有过深夜下班后站在路边一两个小时打不到车回家的无措与无奈?不知道凌晨奔赴机场的你,上一次睡到自然醒是什么时候?

我们之所以选择这么拼,之所以选择与一次次的未知甚至失控相遇,无非是因为心里还有梦,还有想要去抵达的远方。不经历那些崩溃、绝望、挣扎的黑暗,又怎么可能会看到光?

很多人会问:"那束光又是什么呢?这么拼命努力,翻来覆去地折腾自己，到底是为了什么？"

为了赚更多钱吗？——是的。我们必须承认，人一生中需要用钱来捍卫尊严的时刻太多了，至少物质会在很多个选择时刻、危急时分，成为我们的底气。

为了能买自己喜欢的东西吗？——是的。欲望不该难以启齿。我承认自己喜欢漂亮的衣服、包包，想要使用更好的护肤品、化妆品，高质量的床品。我不被消费主义绑架，但我也需要有偶尔取悦自己的能力。

为了能更加被人尊重吗？——是的。我想要被需要，想要自己的能力被认可，想要闯出自己的一片天地。

除此之外，我想要的还有很多很多，我还想通过奋斗，给家人带来更好的生活，在为父母花钱时，可以不再有诸多犹豫。

对努力最好的嘉奖，是能毫无畏惧地说：千金难买我乐意。

我还想通过奋斗，去消解自己内心的不甘，不甘生活的真相就只是活着,不甘一生被寥寥数语匆匆带过。这种不甘心不是追求奢华享受,更不是拜金,而是给自己选择生活的机会和能力。

  不要因为短暂的迷茫和辛苦,去唱衰理想和奋斗的长久意义;不要因为短暂的深陷泥潭,而不敢再抬头仰望高楼。每个人的一生中都会有那么一段暗暗的隧道,或短或长,但别怕,只要你坚持往前方走去,前方总会有光。

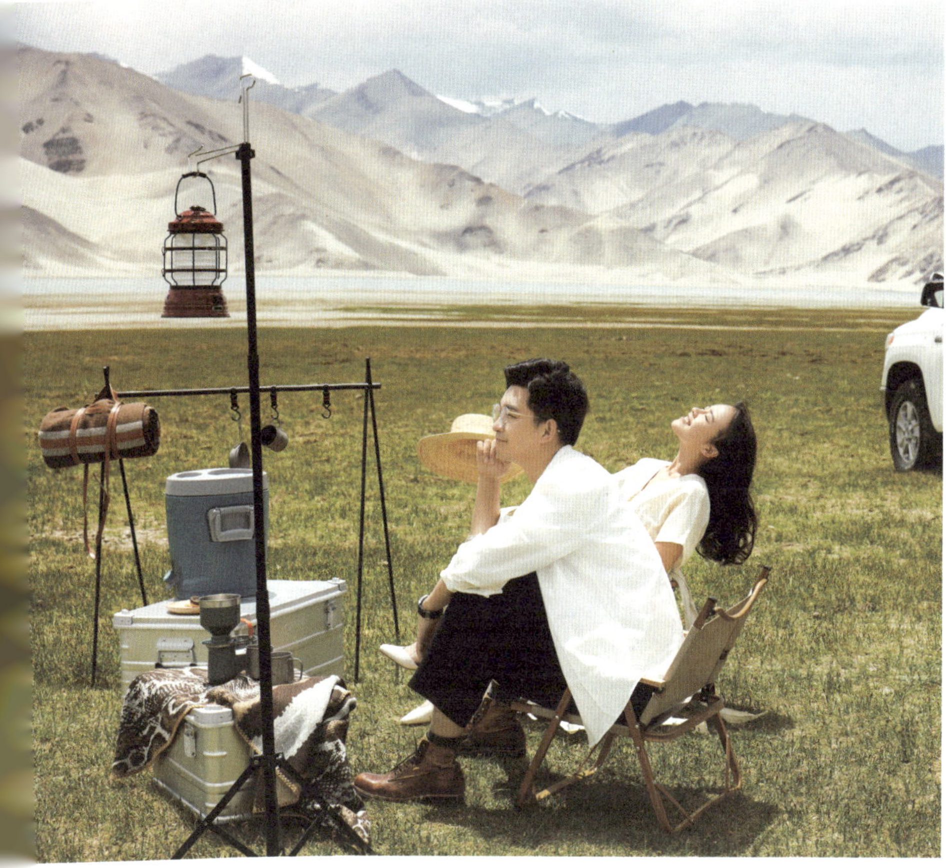

如果可以，
我想陪你走遍山川湖海和春秋冬夏，
一日看尽雪月风花。